kendoku
算独

芦向明　蓝天　编著

U0133249

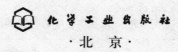

化学工业出版社

·北京·

算独又名kendoku，也译为聪明格、kenken，是数独游戏与数学运算规则的巧妙结合。在做算独谜题的过程中，既能像数独游戏那样锻炼人的逻辑思维能力，又能同时训练人的数学运算能力，对数学思维能力也会有较大提高。在本书中结合数学学习特点，由浅入深的巧妙搭配题目设置，不仅游戏更加有趣好玩，同时也能寓教于乐。继数独游戏风靡全球后，相信算独游戏将会掀起新一轮的益智风潮，一定要来感受一下！

图书在版编目（CIP）数据

算独 / 芦向明，蓝天编著. —北京：化学工业出版社，2011.3

ISBN 978-7-122-10465-6

Ⅰ.算… Ⅱ.①芦…②蓝… Ⅲ.智力游戏 Ⅳ.G898.2

中国版本图书馆 CIP 数据核字（2011）第 014320 号

责任编辑：张　琼　　　　　　　　装帧设计：尹琳琳
责任校对：吴　静

出版发行：化学工业出版社
　　　　　（北京市东城区青年湖南街13号　邮政编码100011）
印　　装：大厂聚鑫印刷有限责任公司
850mm×1168mm　1/32　印张4　字数99千字
2011年5月北京第1版第1次印刷

购书咨询：010-64518888（传真：010-64519686）
售后服务：010-64518899
网　　址：http://www.cip.com.cn
凡购买本书，如有缺损质量问题，本社销售中心负责调换。

定　　价：16.00元

前言

　　算独，作为一种锻炼数学计算和推理能力的智力游戏，是数独之后又一项风靡世界的数字谜题游戏。是一种在计算基础上进行推理的谜题游戏，因其融合了计算训练，尤其适合少年儿童的认知需求，其影响力对只重视推理的"数独"大有超越之势。

　　算独可以让孩子们在游戏中提升数字计算能力并且锻炼推理思维能力，替代课堂上"填鸭式"的程式化教学方法，以游戏形式使认知和训练在乐趣中进行。能够让孩子们在现有数学知识的运用中感悟推理游戏的趣味，进而喜爱和受益于推理游戏对思维的锻炼，逐步养成善于探究的思维习惯，其寓教于乐的教学功效已经被多个国家的教育机构认可。

　　本书作者结合多年来对各类谜题的研究经验，以及对算独的较深认识，特地有针对性地编写了这本算独书籍。书中配题由易到难，涉及的解题思路多样，尤其适合小学阶段进行"加"、"减"、"乘"、"除"运算训练的学生，也适合较高年级小学生在强化四则运算的同时增强逻辑思维能力。算独游戏是能够带给我们乐趣和智慧的朋友，一起来体验一下吧！

编者
2011年3月

目录

第一章　算独简介

一、算独名称的由来

算独是由日本人宫本哲也发明的，原名为日文的"贤贤"，发音同中文的"肯肯"，在欧美国家被称为"kenken"。它在英语中还有另一个名称"square wisdom"，意思就是聪明方格。我们称之为"算独"是由于它的外形和规则与时下流行的"数独"类似，而其中加入了算术的成分，国人称之为"算独"再恰当不过了。

二、算独的规则

算独规则简单易懂。总体来说只要使题目符合"算"的要求，答案符合"独"的要求即可。"算"的要求是指，题目中每个粗线框内包含的所有数字按照该框左上角的运算符号计算后，来求出左上角的得数；"独"的要求与数独中的"独"字的含义基本相同，就是要求算独中每行或每列中的各数字只能出现一次，也就是说同行或同列中不能出现相同的数字。

需要强调的是：算独中同一粗线框内的数字是可以重复的，当然可重复的数字不能在同行或同列。算独的答案只能有唯一一种，如果多解说明题目不合格。

我们做算独的目的就是根据以上几点规则进行计算和推理，把一个只含有粗线框左上角提示数字和运算符号的空盘全部填满。

如下面一道5×5盘面只含加法运算的算独，具体规则如下：

1.把数字1～5填入空格内，且每行和每列不能出现相同

的数字；

2. 粗线框只包含一格的，粗线框内左上角数字为该格内数字；

3. 粗线框包含两格或两格以上的，粗线框内左上角数字为其所含所有数字按照该框内符号运算后的结果。

11+		5	3+	
		11+		
5	6+			4
7+			12+	
7+		4		

图1-1

11+ 3	4	5 5	3+ 1	2
1	3	11+ 2	4	5
5 5	6+ 1	3	2	4 4
7+ 4	2	1	12+ 5	3
7+ 2	5	4 4	3	1

图1-2

三、算独的基本元素

为便于读者更顺利地了解算独，并为理解后面的解题技巧及例题详解做准备，简单介绍几个基本的名词概念。

	1列	2列	3列	4列	5列
A行	11+		5	3+	
B行		(B2)	11+		
C行	5	6+			4
D行	7+		(D3)	12+	
E行	7+		4		(E5)

图1-3

1. 格：算独中的最小单位，可以填入一个数字的位置，我们用行和列位置的符号组合来称呼某格的位置。

例如图1-3中B行与2列交叉位置的方格我们就称之为B2格，同理D行与3列交叉位置的格子称为D3格。

2. 行：算独中一组横向所有格的集合。我们用大写英文字母来区分其顺序，从上到下分别为A行、B行、C行、D行和E行。

3. 列：算独中一组纵向所有格的集合。我们用阿拉伯数字来区分其顺序，从左到右分别为1列、2列、3列、4列和5列。

4. 粗线框：算独中由一条粗线围成的区域，算独中一个粗线框可以由一个或多个（最多不超过盘面数字）连续的格组

成。粗线框内左上角都会有一个小数字和一个运算符号，它们表示这个粗线框内包含的所有格内的数字按照这个符号的运算所得的结果为这个小数字。当然，如果某个粗线框只包含一个方格，那么就不会出现运算符号。

5.盘面：算独中所有格的集合，代表算独整体的大小。图1-3每行和每列都是由五个格组成的，它的盘面大小就是5×5。又因为只填数字1～5，也可以称呼其为"五字算独"。

注：运算符号的不同还会影响粗线框内包含方格的数量，（这点只要了解即可，并不需要死记硬背。）

（1）粗线框内没有运算符号，则粗线框只含有一个方格；

（2）粗线框内提示符号为"＋"或"×"号，则粗线框含有两个或两个以上的方格；

（3）粗线框内提示符号为"－"或"÷"号，则粗线框只能含有两个方格。

第二章 加减法算独

加减法算独涉及的计算法则只有加法和减法，且盘面也较小，方便初学者和年龄小的同学在入门时对算独有最基本的解法有所了解。

下边我们列举几种简单的解题思路，大家在理解这些解法后再运用自己的推理就可以快乐地玩算独了。当然，这些解题技巧都是从解题规则推理出来的，我们也很提倡靠自己边玩边总结解题方法。

第1节 加减法算独解题技巧

一、粗线框中唯一数组法

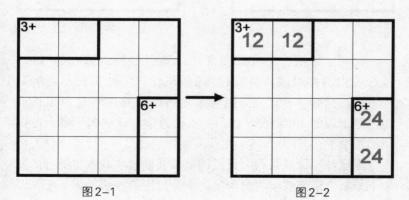

图2-1　　　　　　　　图2-2

说明：做算独的时候，很多步骤都是在根据粗线框的符号及给出的得数进行计算。我们要做的就是找出那些粗线框内只有一组确定的数字组合，因为找到了粗线框的唯一数组后，我

们就能进一步确定这个数组之中数字的准确位置。

例如上图2-1中，A行两格构成的粗线框得数和为3，所以这两格只能是数字（1、2）的组合；同理，4列中两格构成的粗线框得数和为6，从数字1～4中找，只有数字（2、4）组合可以相加得6满足要求。我们找到唯一的数字组合后，可以用铅笔像图2-2中那样标出，这样如果这个粗线框外再出现其他条件，就能很方便地运用或分解已经找到的数字组合。

二、剩一法

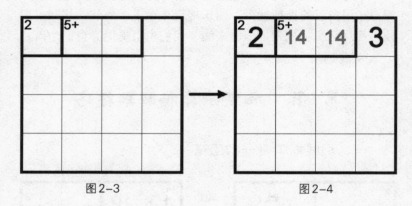

图2-3   图2-4

说明：如图2-3、图2-4所示，先在A1格中填入2，这时该行中由两格组成、得数和为5的粗线框的数组就不可能是（2、3），只剩下（1、4）组合了。同行A4格内不能出现该行中已经出现的2和组合（1、4）中的数字，就只剩下唯一可以填的数字3了。

像这种某行或某列中已经确定了其他数字或数字组合，只剩下最后一格需要填数的情况，就需要用剩一法了。

三、粗线框中的排除法

说明：如图2-5、图2-6所示，C2格中的2已知。另外两个两格粗线框，我们运用粗线框中的唯一组合法，得知这两个

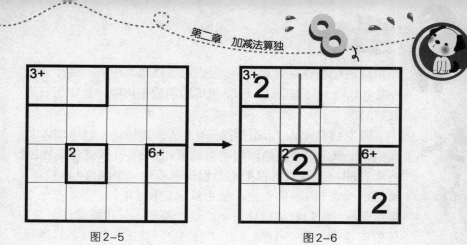

图2-5　　　　　　　　　　图2-6

粗线框中分别包含（1、2）组合和（2、4）组合。由于C2格数字2在C行的排除作用，处在4列的（2、4）数组被分解：D4格填入数字2，C4格填入数字4；又由于C2格数字2在第2列的排除作用，使得A行已知数组（1、2）被分解：A1格填入2，A2格填入1。

根据算独规则中，同行或同列中不能出现相同数字的限制，如果某位置出现了数字2，则同行或同列中不能再出现2了。所以，图2-6中，这两个粗线框中2的位置就被确定了。

四、行列内的排除法

说明：如图2-7、图2-8所示，在A1格填入数字1；B2与

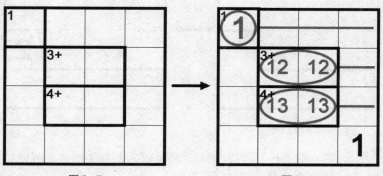

图2-7　　　　　　　　　　图2-8

B3组成的粗线框得数和为3，我们可以推出其中的数字组合只能是（1、2）；同理，C2与C3组成的粗线框内唯一数字组合为（1、3）。

因为A1格填入1，根据排除法，A行其他格不能再填入1，我们画一条示意1排除作用的灰线；在B行中1只能出现在B2格或者B3格，我们可以把这个粗线框看做一个包含1的整体，虽然不确定1的准确位置，但可以确定B行中的1一定在这个粗线框内，所以我们同样可以在这个整体上运用排除法，使B行中B1格和B4格不能填入1；C行与B行情况相同，同样能推出数字1只能在C行的粗线框内，从而使C行中的C1格和C4格内不能填入1。在图2-8中，由于A行、B行和C行中的1的位置已确定，使A4格、B4格和C4格内都不能填入1，在4列中只有D4格可以填入1了。

这种方法在实际做题中常常被忽略，是由于我们常常把大量精力都放在数字组合的计算上。可是有时从排除法入手会使解题会更加方便，所以我们应当养成运用排除法的习惯。

五、粗线框或行列剩余一格求差法

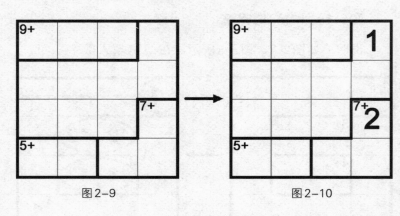

图2-9　　　　　　　　图2-10

说明：图2-9中每行、每列都要填入数字1～4，所以每行、每列包含的数字之和是固定的，为1＋2＋3＋4=10。如

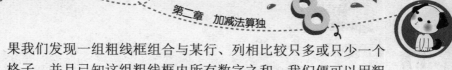

果我们发现一组粗线框组合与某行、列相比较只多或只少一个格子，并且已知这组粗线框内所有数字之和。我们便可以用粗线框内数字的"和"与行、列内数字"总和"相比较，就能得到剩余那一格中的数字。

在图2-10中，A行中前三格组成一个粗线框，得数和为9，我们又知道整行数字之和为10，所以A4格内的数字为10－9＝1；而D行中两个粗线框所包含的格子数比该行多出一格，而且我们能求出这两个粗线框内所有数字之和为5＋7＝12，用这个12与整行数字之和的10相比较，就能求出多出的C4格内的数字就是12－10＝2。

第2节　加减法算独例题详解

例题

如图2-11所示（4×4盘面，加减法算独）

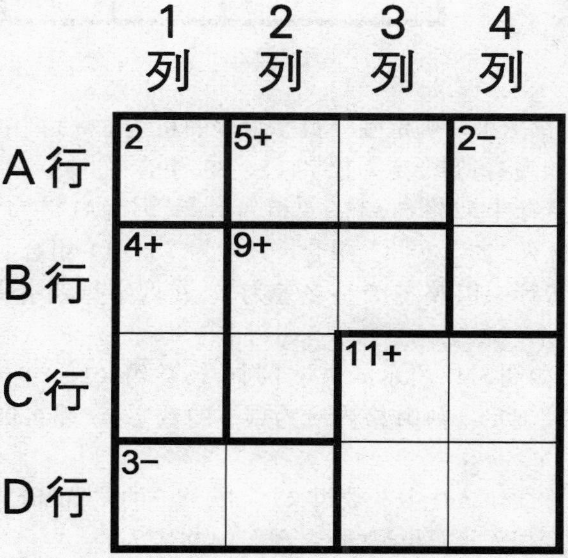

1列	2列	3列	4列

	2	5+		2-
A行				
B行	4+	9+		
C行			11+	
D行	3-			

图2-11

1. 如图2-12所示，先填出A1格内的2；

	1列	**2列**	**3列**	**4列**
A行	²2	⁵⁺14	14	²⁻
B行	⁴⁺13	⁹⁺		
C行	13	¹¹⁺		
D行	³⁻14	14		

图2-12

2. 找出可以确定唯一数字组合的粗线框，1列中B1格与C1格之和为4，则一定为数字（1、3）组合；

3. A行中A2格与A3格之和为5，又因为A1格为2，则排除掉了含有2的（2、3）组合，只能为（1、4）组合；

4. D行中D1格与D2格之差为3，在四字算独中两格之差为3的只有（1、4）组合；

5. 如图2-13所示，由于1列中，数组（1、3）和2的位置都已经确定，则D1格内应为剩下的数字4，那么D2格内便是数字1；

6. 同理，A行中，数组（1、4）和2的位置都已经确定，则A4格应填入没有出现的3，那么B4格应为1；

7. 根据解题步骤5，已经求出D2格内为1，根据排除法，

	1列	2列	3列	4列
A行	²2	⁵⁺4	1	²⁻3
B行	⁴⁺3	⁹⁺		1
C行	1		¹¹⁺	
D行	³⁻4	1		

图2-13

2列其他格内不能再填入1，所以A2格与A3格中（1、4）组合的位置被确定，即A3格填入数字1、A2格填入数字4；

　8. 如图2-14所示，根据排除法，B1格内的3对B行中的B2格进行排除，则2列中的3只能填在C2格；

　9. 同理，D1格内的4对D行中的D4格进行排除，则4列中的数字4只能填在C4格；

　10. 如图2-15所示，2列根据剩一法，在B2格内应填入数字2；

　11. B行根据剩一法，在B3格内应填入数字4；

　12. C行根据剩一法，在C3格内应填入数字2；

　13. 4列根据剩一法，在D4格内应填入数字2；

　14. D行根据剩一法，在D3格内应填入数字3。

至此，题目解完。

算独

	1列	2列	3列	4列
A行	²2	⁵⁺4	1	²⁻3
B行	⁴⁺3	⁹⁺		1
C行	1	3	¹¹⁺	4
D行	³⁻4	1		

图2-14

	1列	2列	3列	4列
A行	²2	⁵⁺4	1	²⁻3
B行	⁴⁺3	⁹⁺2	4	1
C行	1	3	¹¹⁺2	4
D行	³⁻4	1	3	2

图2-15

第3节 加减法算独练习题

算独规则:

(4×4盘面，加减法运算的算独)

1. 把数字1～4填入空格内，且每行和每列不能出现相同的数字;

2. 粗线框只包含一格的，粗线框内左上角数字为该格内数字;

3. 粗线框包含两格或两格以上的，粗线框内左上角数字为粗线框内数字相加、减的结果。

☀1

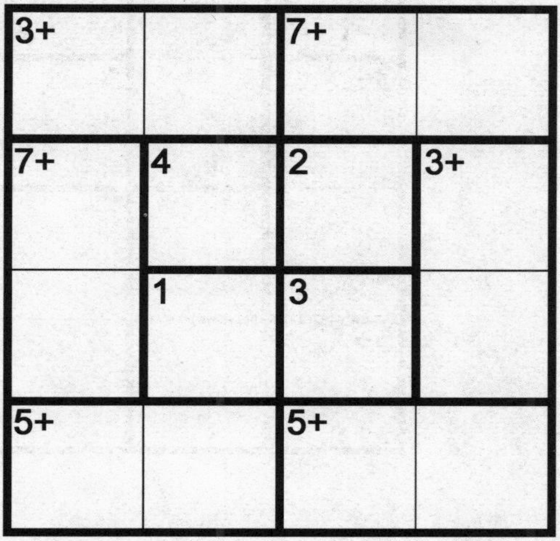

3+		7+	
7+	4	2	3+
	1	3	
5+		5+	

☀2

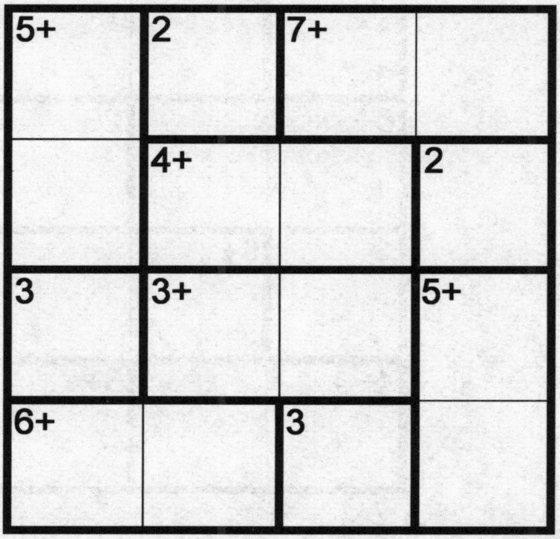

5+	2	7+	
	4+		2
3	3+		5+
6+		3	

 3

3	3+	6+	
3−		1	1−
	4	7+	
5+			1

 4

4	4+		2
6+		2−	
1	5+		4
1−		5+	

☀ 5

3	3+		6+
5+	10+		
		2	8+
3+			

☀ 6

8+	5+		6+
		1	
5+	2	7+	
	6+		

 7

6+	3	5+	
	3+		9+
	7+		
6+		1	

 8

7+		4+	
	1−		4
2	3−		9+
4+			

 9

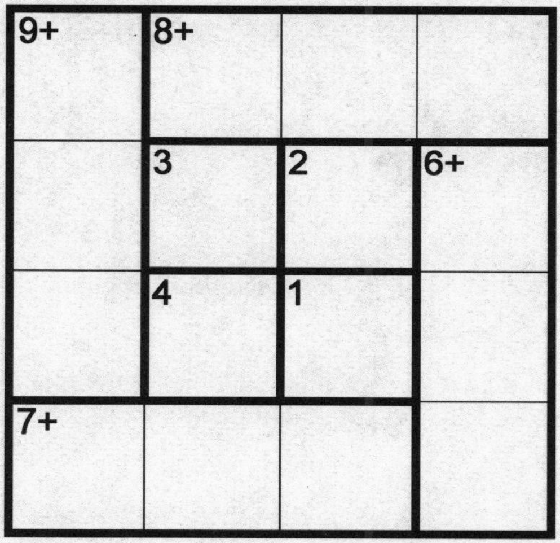

9+	8+		
	3	2	6+
	4	1	
7+			

 10

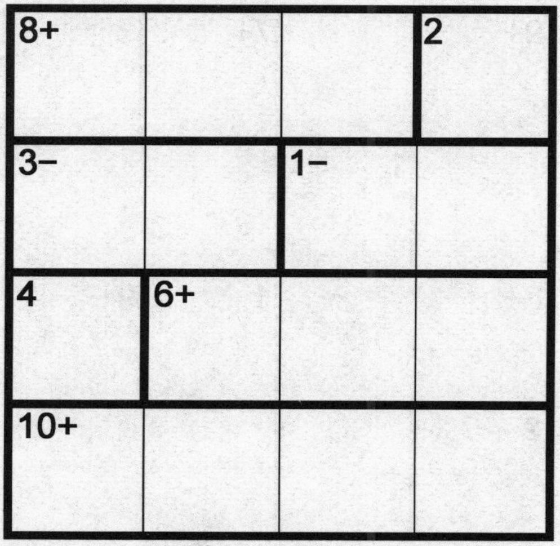

8+			2
3−		1−	
4	6+		
10+			

 11

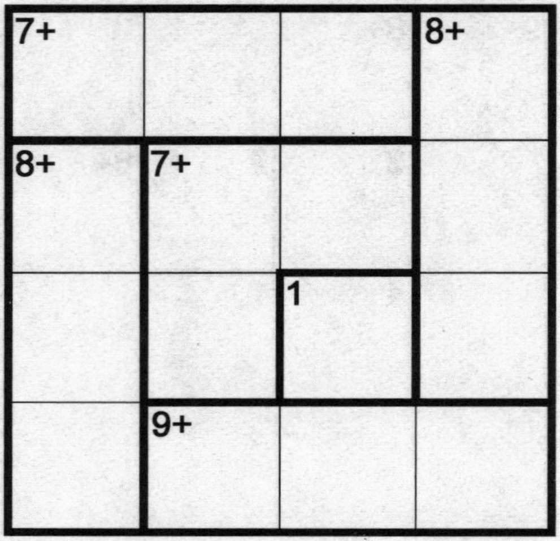

7+			8+
8+	7+		
		1	
	9+		

12

9+		7+	3
	1		
8+		1	9+
2			

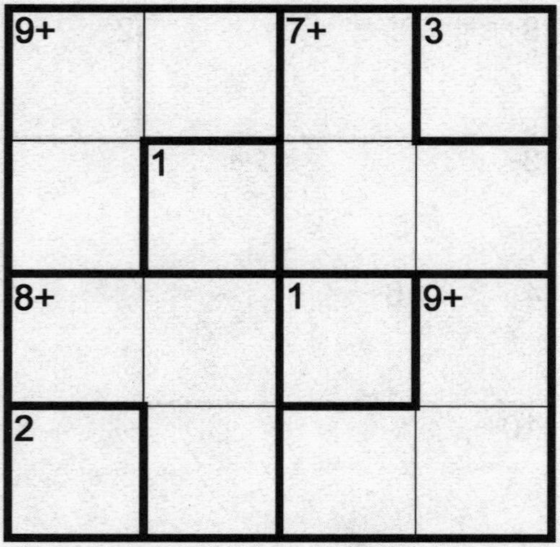

☀ 13

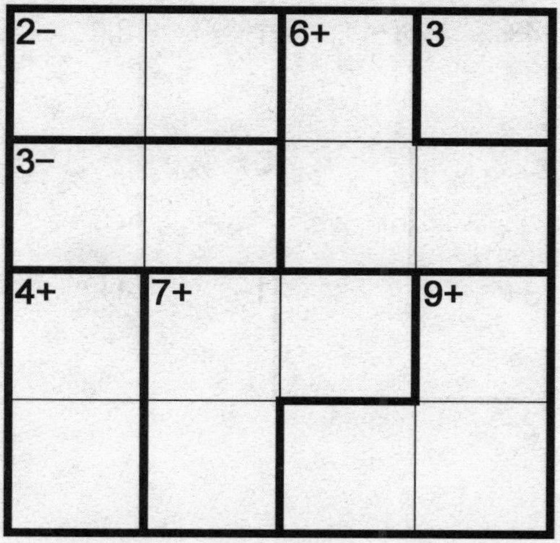

2−		6+	3
3−			
4+	7+		9+

☀ 14

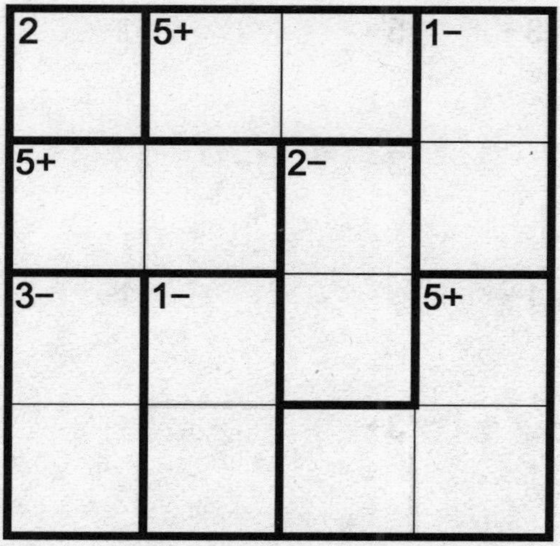

2	5+		1−
5+		2−	
3−	1−		5+

☀ 15

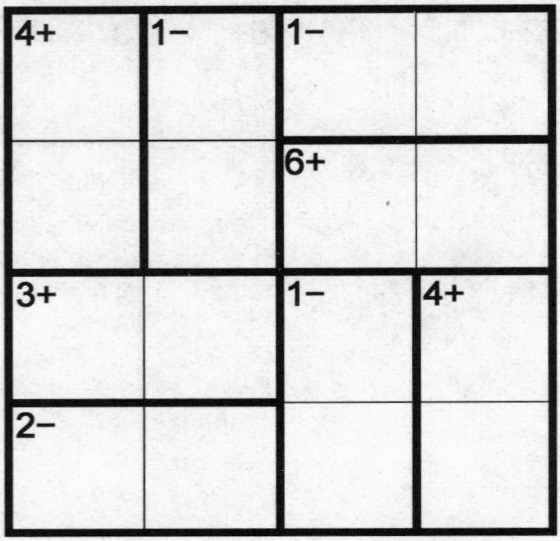

4+	1−	1−	
		6+	
3+		1−	4+
2−			

☀ 16

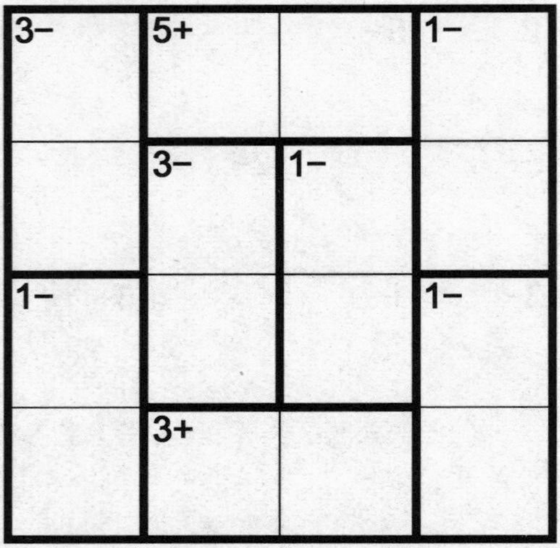

3−	5+		1−
	3−	1−	
1−			1−
	3+		

020

☀ 17

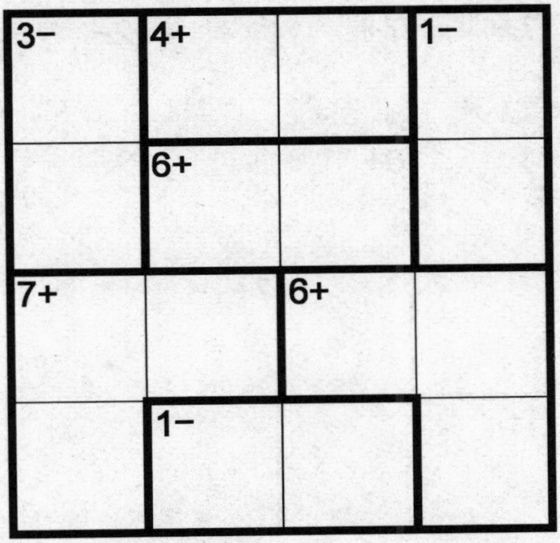

3−	4+		1−
	6+		
7+		6+	
	1−		

☀ 18

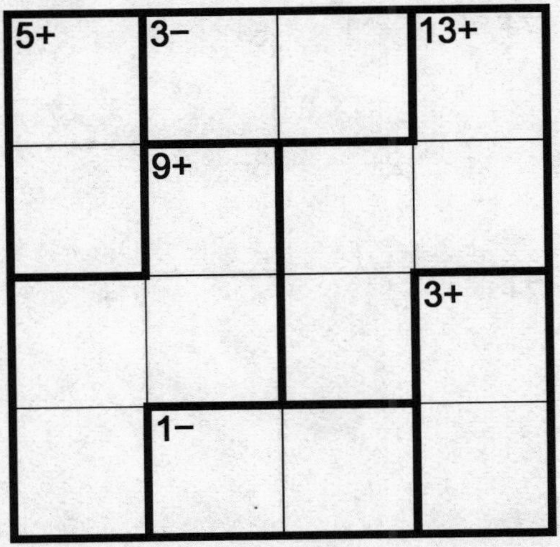

5+	3−		13+
	9+		
			3+
	1−		

☀ 19

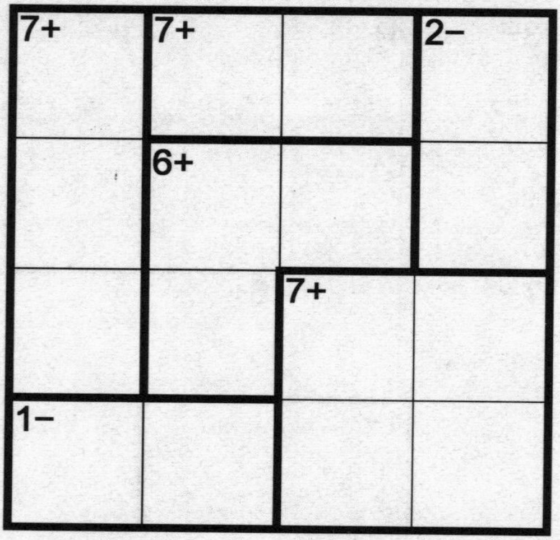

7+	7+		2−
	6+		
		7+	
1−			

☀ 20

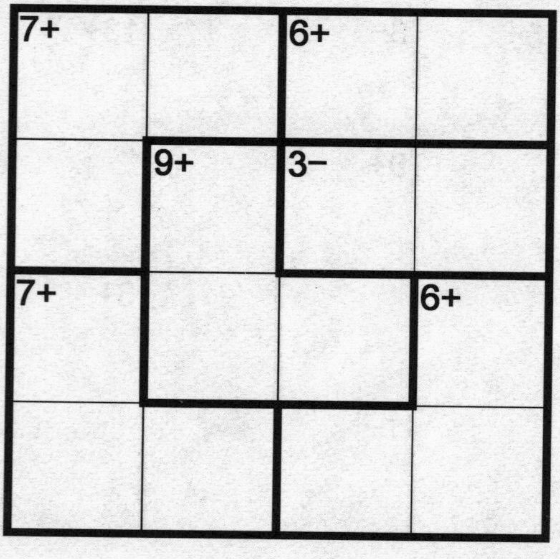

7+		6+	
	9+	3−	
7+			6+

算独规则:
(5×5盘面,加减
法运算的算独)

1. 把数字1~5
填入空格内,且每行
和每列不能出现相同
的数字;

2. 粗线框只包
含一格的,粗线框内
左上角数字为该格内
数字;

3. 粗线框包含
两格或两格以上的,
粗线框内左上角数字
为粗线框内数字相
加、减的结果。

☀ 21

9+		4+		2
2	5+		8+	
4+		7+		4
5	5+		5+	
3+		7+		5

☀ 22

8+		2	1-	1
3-	9+			3-
	1-	5+		
3		4-	5+	
6+			8+	

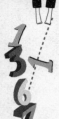

算独

23

5+		8+	7+	
2−			2−	
2	8+			5
4−		6+	1−	
8+			3+	

24

2	1−		6+	3
1−	6+			
		3	8+	2−
10+				
1		1−		5

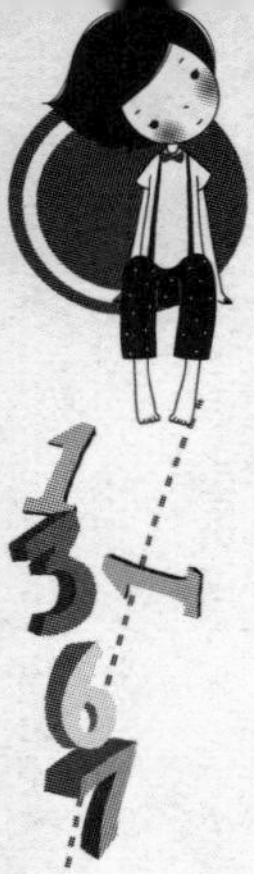

☀ 25

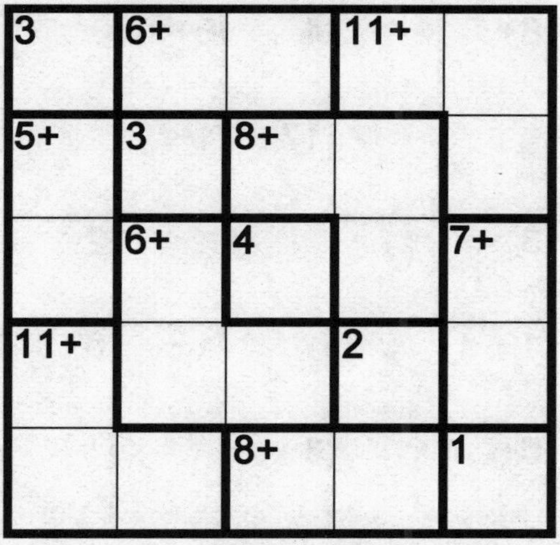

3	6+		11+	
5+	3	8+		
	6+	4		7+
11+			2	
		8+		1

☀ 26

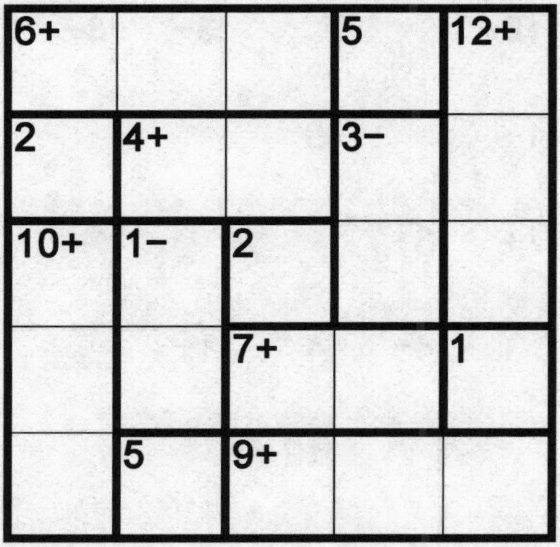

6+			5	12+
2	4+		3−	
10+	1−	2		
		7+		1
	5	9+		

 27

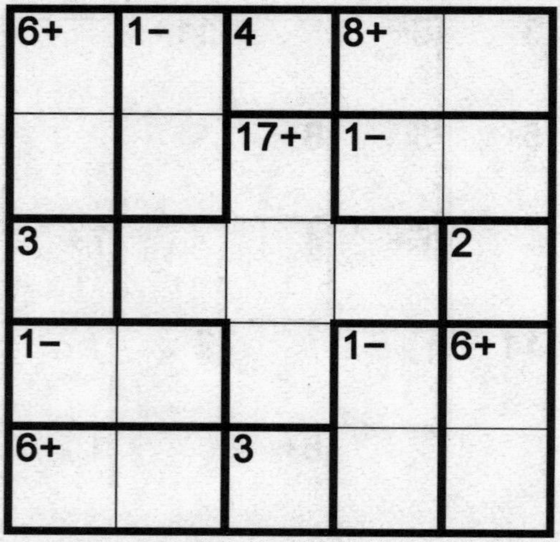

6+	1−	4	8+	
		17+	1−	
3				2
1−			1−	6+
6+		3		

☀ 28

10+			3−	8+
1−		5		
7+	6+			
	4−	4	1−	
		12+		

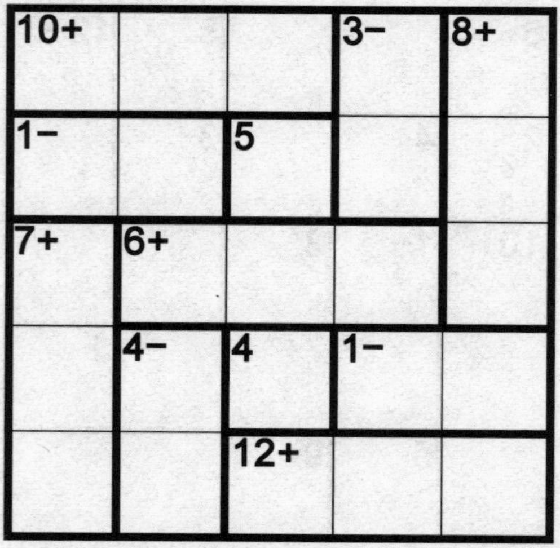

☀ *29*

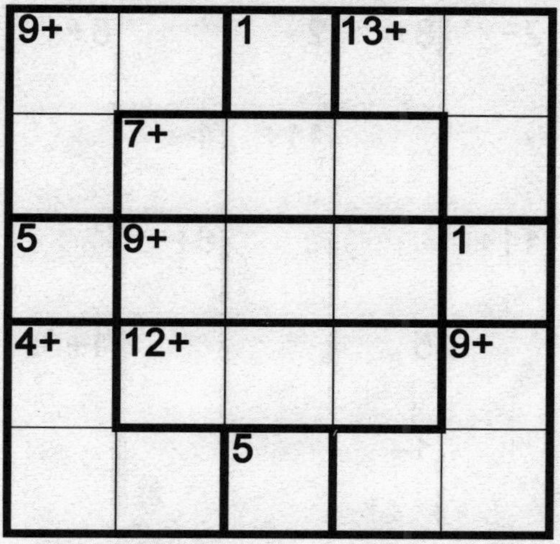

9+		1	13+	
	7+			
5	9+			1
4+	12+			9+
		5		

☀ *30*

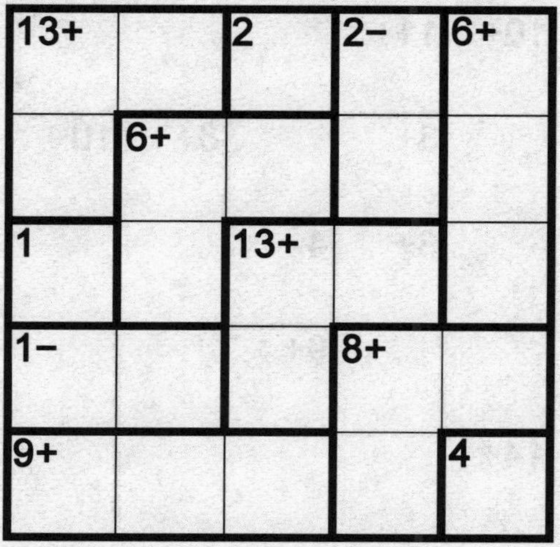

13+		2	2−	6+
	6+			
1		13+		
1−			8+	
9+				4

☀ 31

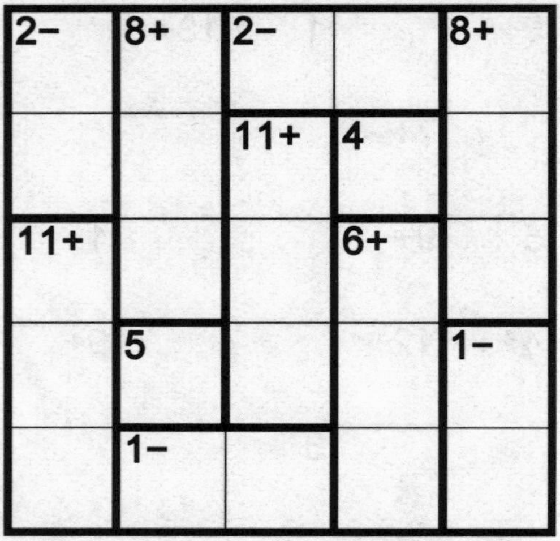

2−	8+	2−		8+
		11+	4	
11+			6+	
	5			1−
	1−			

☀ 32

10+	11+			
	3+		8+	10+
	6+	4		
		9+		
14+				

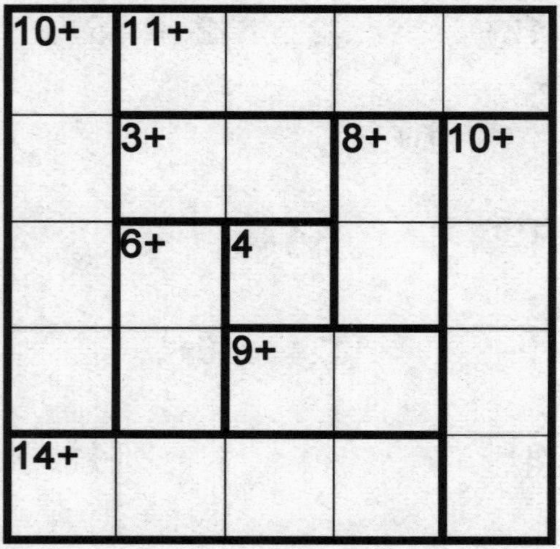

☀ 33

5+	5+		6+	
	1−		3−	5+
7+	3−	1		
		2−		5+
8+		6+		

☀ 34

7+		3−		8+
3−	8+	3+		
		3	7+	2−
5+	5+			
	1−		4+	

☀ 35

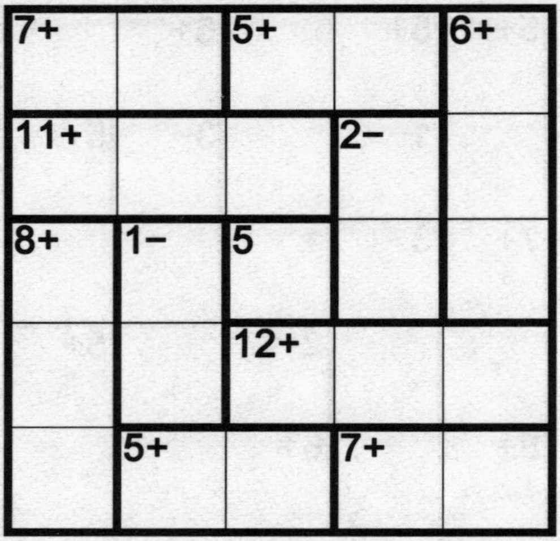

7+		5+		6+
11+			2−	
8+	1−	5		
		12+		
	5+		7+	

☀ 36

8+		6+	10+	
	10+		9+	
11+				6+
		1−		
	1		5	

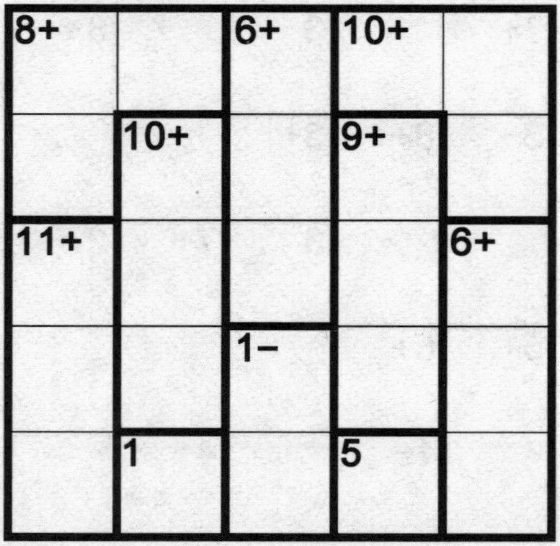

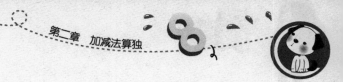

☀ 37

3-	8+		3-	
	4		5	6+
12+		1		
	1	12+	4	3-
1-				

☀ 38

1-		9+		3
17+		3	15+	
	6+			
		4		
5	5+		3-	

39

7+	8+		7+	6+
	3-	7+		
8+			4-	
	7+			9+
		5+		

40

14+			2-	
10+			7+	7+
	4+	4		
		15+		
4-				

算独规则:
(6×6盘面，加减法运算的算独)

1. 把数字1～6填入空格内，且每行和每列不能出现相同的数字;

2. 粗线框只包含一格的，粗线框内左上角数字为该格内数字;

3. 粗线框包含两格或两格以上的，粗线框内左上角数字为粗线框内数字相加、减的结果。

☀ 41

10+		3+		8+	
1	6+		8+		6
9+		4+		8+	
5	8+		7+		1
5+		10+		6+	
3	6+		8+		4

☀ 42

5+		5−		3−	5
7+	8+		5		5+
	7+	8+		5+	
6+		6+			8+
	1−	3	10+		
6		1−		8+	

☀ 43

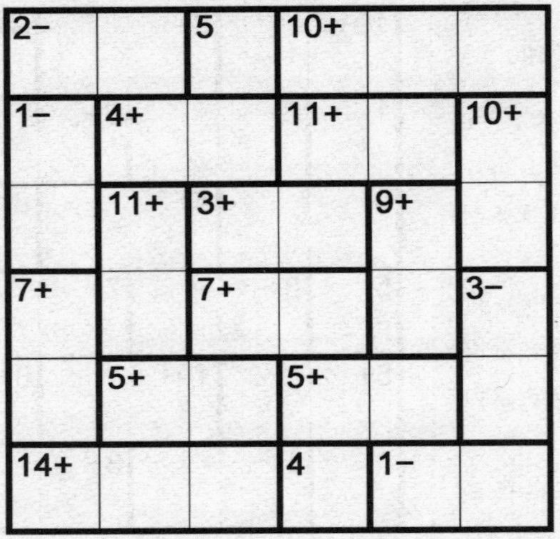

2−		5	10+		
1−	4+		11+		10+
	11+	3+		9+	
7+		7+			3−
	5+		5+		
14+			4	1−	

☀ 44

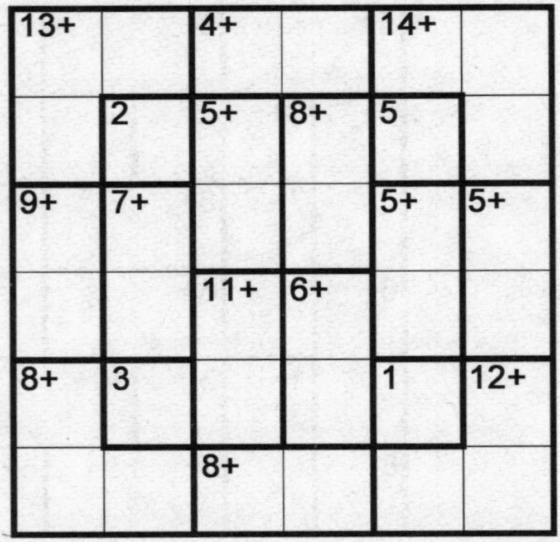

13+		4+		14+	
	2	5+	8+	5	
9+	7+			5+	5+
		11+	6+		
8+	3			1	12+
		8+			

☀ 45

6+			11+		11+
7+	4	3+		5	
	8+	3−		4+	
12+		2−			5+
	5	4+		4	
	7+		13+		

☀ 46

15+			4+		11+
8+	7+			5	
	5−	8+		1−	
7+		5+			9+
	3	13+			
	5+		12+		

 47

6+		14+			5+
10+	4−		5+	5−	
	4+				10+
	3−	11+	7+		
9+			3−		
	10+			8+	

☀ 48

14+			5+		10+
5+	13+			6+	
	10+	11+			
13+		5+			7+
		12+			
	3+		12+		

☀ 49

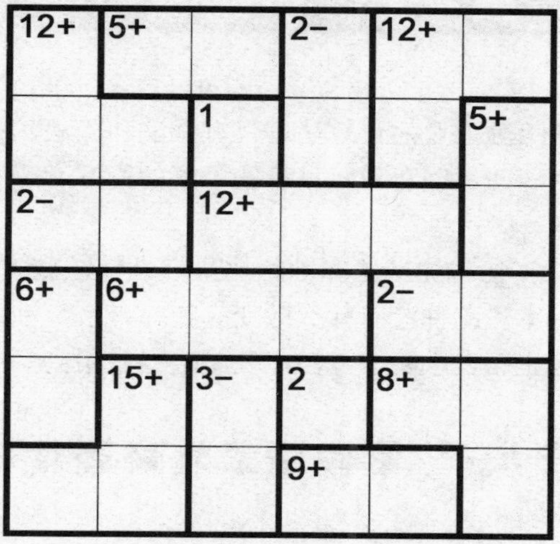

12+	5+		2−	12+	
		1			5+
2−		12+			
6+	6+			2−	
	15+	3−	2	8+	
			9+		

☀ 50

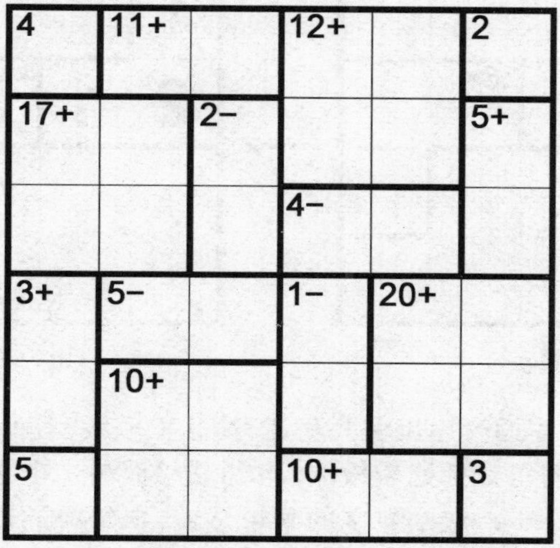

4	11+		12+		2
17+		2−			5+
			4−		
3+	5−		1−	20+	
	10+				
5			10+		3

　　乘除法算独涉及的计算法则只有乘法和除法，盘面会比加减法算独大一些，适合对算独有些了解的爱好者或刚接触到乘除法的同学。

　　乘除法算独与加减法算独相比虽然计算法则发生了变化，但解题的基本思路并没有什么改变。在加减法算独中我们了解的四种解题思路在乘除法算独中还是会经常用到。

第1节　乘除法算独解题技巧

一、多格粗线框中特殊数字组合

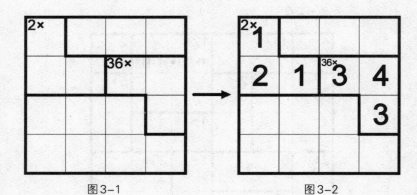

图3-1　　　　　　　　　　　　图3-2

　　说明：图3-1中出现两个含3个格的粗线框，这两个粗线框内乘积的得数都比较极端，一个是2而另一个是36。我们先来思考一下，三个数字的乘积是2，那组成的算式只能为 $1 \times 1 \times 2 = 2$ ，而算独中同行列又不能出现相同数字，所以三个

数字的排列方式也只有图3-2中的一种可能了。另一个三数之积为36的情况与前者原理相同，请大家自己思考，应得到图3-2中的结果。

二、行列中数组的应用

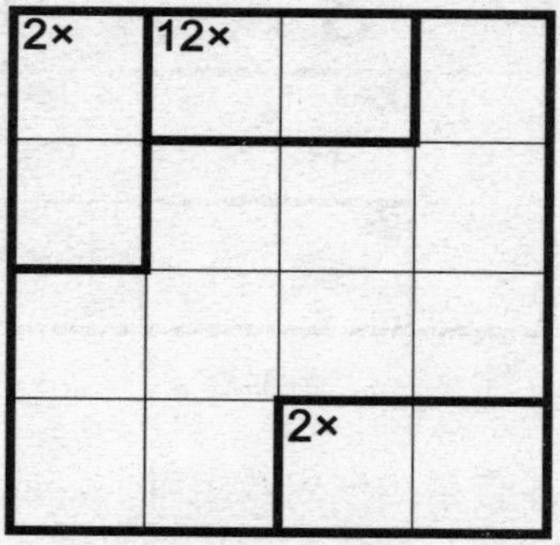

图3-3

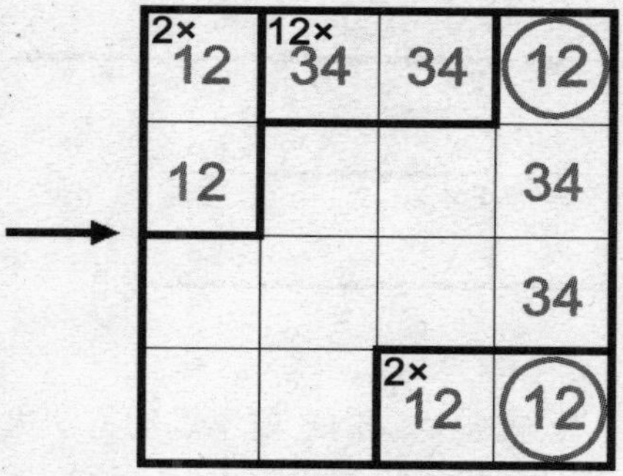

图3-4

说明：数组在解算独中起着很重要的"桥梁"作用，我们之所以能把大块的粗线框分析出具体格子的数字，必须借助细分数组的方法。我们在解加减法算独时，已经逐步地应用数组了，这里只是把它单独拿出来详细讲解一下。

当两格粗线框得数积分别为2和12时，只能分别由唯一的数字组合（1、2）和（3、4）组成。如图3-3、图3-4所示，A行中出现了数组（3、4），使A4格只能填入1或2，这时我们发现4列中也有两格只能填入（1、2），像这种某一行或某一列中只有两个格，且这两个格都只能填入相同的两个数字，我们就称这两个数字为一个数组。如果在三格内都只包含相同的三个数字，同样也形成了一个数组。

形成数组后，我们就知道这两个数字只能出现在这两格中，则同行或同列内其他格中不能再出现以上数组里出现过的数字。所以图3-4中4列剩下的两格内只剩下了（3、4）的数字组合。

三、粗线框中不包含某数的应用

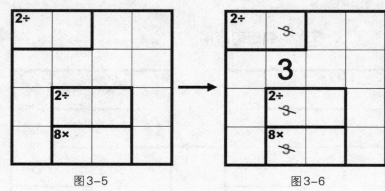

图3-5 → 图3-6

说明：我们之前学过的方法大多与粗线框内数组有关，或者是利用排除法排除求解。这次的方法与以往不同，有时几个粗线框内都不出现某一个数字，反而可以确定某格填入这个数字。如图3-5、图3-6所示，A行、C行和D行已有的三个粗线框有一个共同特点——它们之中一定不能出现3。根据这一特点，我们发现2列中只有B2格内可以填入3。

这种解题的方法很容易被忽略，因为我们正常的思路来说都是分析粗线框出现什么数字组合，然后再逐步缩小数字的范围，最后根据排除法或剩一法求解。而这种解题思路需要观察粗线框中没有出现什么数字，然后再结合排除法或剩一法找到某格填入这个粗线框中没有出现的数字。

总之，我们做题时头脑中要对这种方法有足够的印象。如果所有粗线框的涉及计算的内容都完成了，但还是不能继续填数，这时就要考虑是否该采用这种解题方法了。往往思路一转换，马上就能发现解题线索，这也是算独灵活性的体现。

这种解题的思路在乘除法的算独中经常会出现，因为根据乘积较容易分析出不含有什么约数，尤其是像3、5这样的质数，因为如果一个乘积不能被3或5整除，那么这个粗线框中

就一定不含有3或5。虽然乘除法算独中更容易判断粗线框中不含某数，但在加减法算独中也要会应用这种方法。比如粗线框两格和为6，则这两格内不能出现3和6，不能出现3是因为如果一格为3，根据计算另一格也会为3，根据算独的规则同行或同列不能出现相同的数字，所以不能出现3；不能为6就更好理解了，因为算独中格内最小要填入1，如果一格内为6的话，再与任何一格相加都不会再等于6。虽然上面所说的情况大家会觉得很简单，但很多时候我们经常会忽略掉这些最基本的条件，而导致不能继续解题。

第2节　乘除法算独例题详解

例题

如图3-7所示（5×5盘面，乘除法算独）

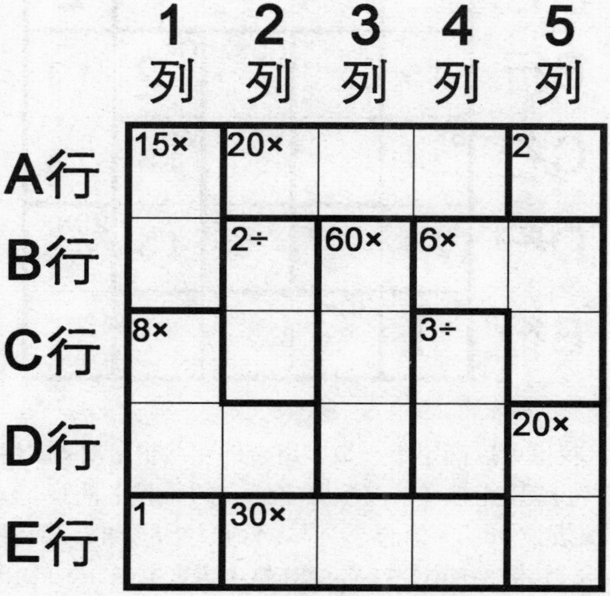

	1列	2列	3列	4列	5列
A行	15×	20×			2
B行		2÷	60×	6×	
C行	8×			3÷	
D行					20×
E行	1	30×			

图3-7

规则

1. 把数字1～5填入空格内，且每行和每列不能出现相同的数字；

2. 粗线框只包含一格的，粗线框内左上角数字为该格内数字；

3. 粗线框包含两格或两格以上的，粗线框内左上角数字为粗线框内数字相乘、除的结果。

解题步骤

1. 如图3-8所示，先把一格粗线框中的数字填出：A5格内填入2、E1格内填入1；

	1 列	**2** 列	**3** 列	**4** 列	**5** 列
A行	15× 3 5	20×			2 **2**
B行	3 5	2÷	60×	6× **2**	1 3
C行	8× 2 4			3÷ 1 3	1 3
D行	2 4	**1**		1 3	20× 4 5
E行	1 **1**	30×			4 5

图3-8

2. 找出可以确定唯一数字组合的粗线框：A1与B1格内数字之积为15只能是（3、5）数字组合的乘积；同理，D5与E5格内只能是（4、5）组合，C4与D4内只能是（1、3）组合；

3. 已知图3-8中，A1格与B1格中为（3、5）、E1格内为1，则C1格与D1格中只剩下（2、4）组合，由于C1、D1与D2三格

组成的粗线框得数乘积为8，那么D2格内经过计算填入1；

4．同理，5列中的B5与C5格内只能填（1、3），根据这两格所在的粗线框计算后，B4格内填入2；

5．如图3-9所示，由于D2格内已填入1，根据排除法，同行其他格内不能再出现1，则C4格与D4格中的（1、3）组合的位置被确定，即C4 格内填入1、D4格内填入3；

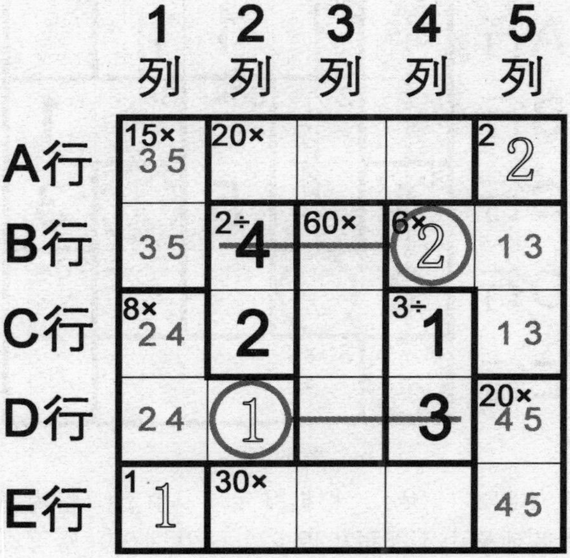

	1列	2列	3列	4列	5列
A行	15× 3 5	20×			2 2
B行	3 5	2÷ 4	60×	6× 2	1 3
C行	8× 2 4	2	3÷ 1		1 3
D行	2 4	1	3	20× 4 5	
E行	1 1	30×			4 5

图3-9

6．B2格与C2格之商为2，本应有两种数字组合，即（1、2）或（2、4）。但由于D2格内出现了1，所以（1、2）数字组合被排除掉了，只剩下唯一的（2、4）组合。又因为B4中已填入2，根据排除法，得到C2格内填入2、B2格内填入4；

7．在图3-10中，由于C2格内为数字2，对C行C1格进行排除，则应在D1格内填入数字2、C1内填入数字4；

8．由于C4格内为数字1，根据排除法，对同行中C5格排除，则应在B5格内填入数字1、C5内填入数字3；

9．根据剩一法，C行中最后一格C3内填入数字5；

10. 如图3-10所示,由于E1格内为1、D2格内为1、C4格内为1,它们同时对A行进行排除(如灰线所示),则A行内的数字1只能填在A3格内;

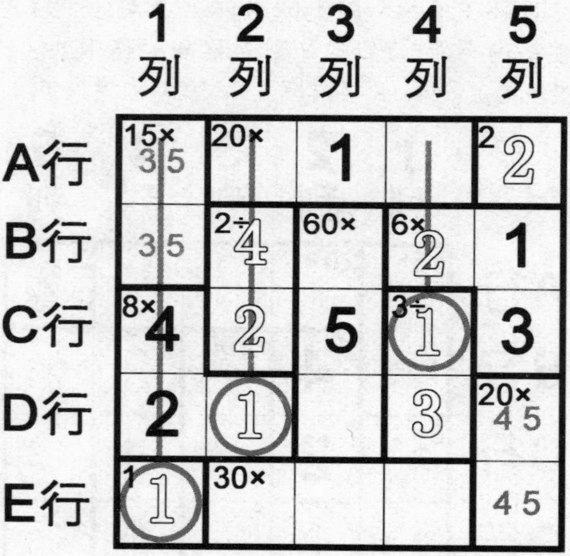

	1 列	**2** 列	**3** 列	**4** 列	**5** 列
A行	15× 3 5	20×	**1**		2 2
B行	3 5	2÷ 4	60×	6× 2	1
C行	8× **4**	**2**	**5**	3÷ 1	**3**
D行	**2**	1		3	20× 4 5
E行	1 1	30×			4 5

图3-10

11. 如图3-11所示,根据排除法,由于C3格内已填入5,所以3列其他格中不能再出现5,B行中只有B1格可以填入5。因此,A1格与B1格的数组(3、5)中的另一个数字3就填入A1格内;

12. 根据剩一法,B行中最后一个空格B3中只能填入3;

13. 由于B3格、C3格和D3格组成的粗线框得数积为60,现已知道B3格内为3、C3格内为5,根据计算D3格内数字填4;

14. 现已知D3格内为4,根据排除法,对同行D5格进行排除,则D5格与E5格内的(4、5)组合位置就可以确定,即E5格内填入4、D5格内填入5;

15. 如图3-12所示,根据剩一法,3列中最后一个空格E3格只能填入2;

	1列	2列	3列	4列	5列
A行	¹⁵ˣ3	²⁰ˣ	1		²2
B行	5	²÷4	⁶⁰ˣ3	⁶ˣ2	1
C行	⁸ˣ4	2	(5)	³÷1	3
D行	2	1	(4)	3	²⁰ˣ5
E行	¹1	³⁰ˣ			4

图 3-11

	1列	2列	3列	4列	5列
A行	¹⁵ˣ3	²⁰ˣ5	1	4	²2
B行	5	²÷4	⁶⁰ˣ3	⁶ˣ2	1
C行	⁸ˣ4	2	5	³÷1	3
D行	2	1	4	3	²⁰ˣ5
E行	¹1	³⁰ˣ3	2	5	4

图 3-12

16. A行只剩下A2格和A4格没有填入数字，而A行没有出现的数字只有4和5。由于B2格内为4，根据排除法A2格内不能填4，那么A2只能填入5，则A行最后的空格A4内填入4；

17. 同理，E行也只剩下E2格和E4格，这两格中分别只能填入数字3或5。由于D4格内为3，根据排除法则E2格内填入3，E4格内填入5。

至此，题目解完。

第3节 乘除法算独练习题

算独规则：

（4×4盘面，乘除法运算的算独）

1. 把数字1～4填入空格内，且每行和每列不能出现相同的数字；

2. 粗线框只包含一格的，粗线框内左上角数字为该格内数字；

3. 粗线框包含两格或两格以上的，粗线框内左上角数字为粗线框内数字相乘、除的结果。

☀ 51

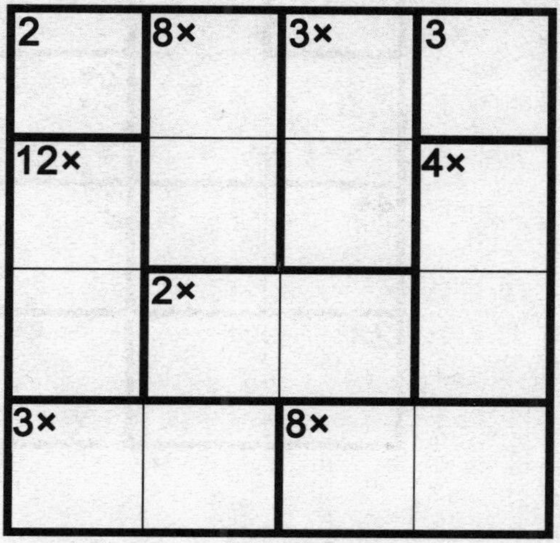

2	8×	3×	3
12×			4×
	2×		
3×		8×	

☀ 52

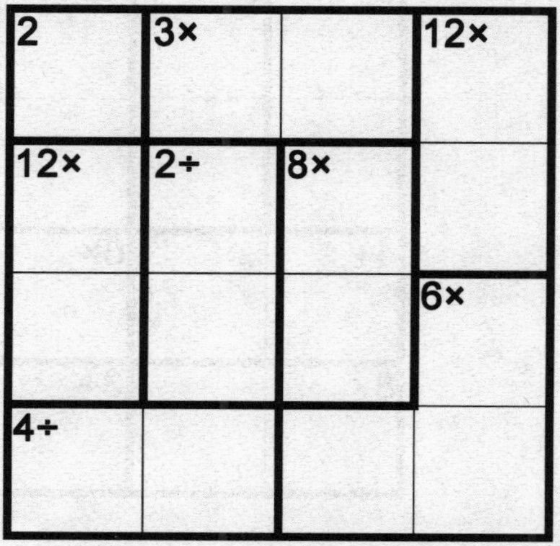

2	3×		12×
12×	2+	8×	
			6×
4+			

※ 53

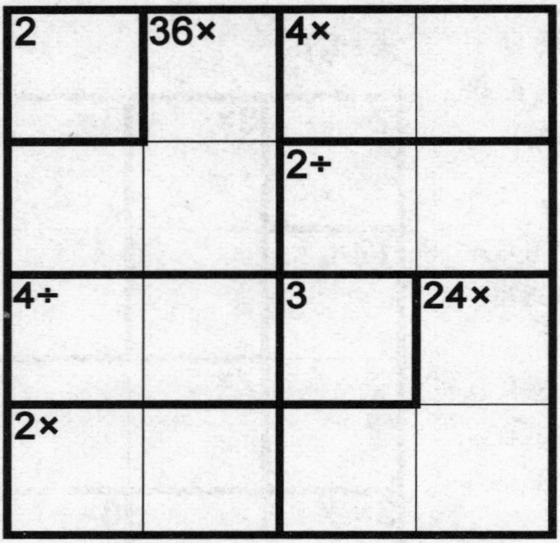

2	36×	4×	
		2+	
4+		3	24×
2×			

※ 54

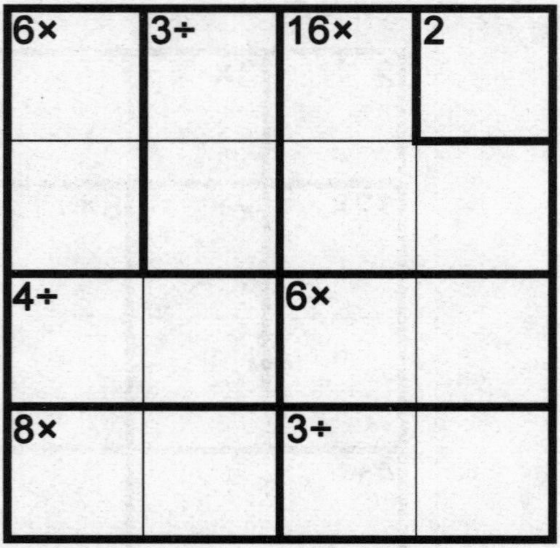

6×	3+	16×	2
4+		6×	
8×		3+	

☀ 55

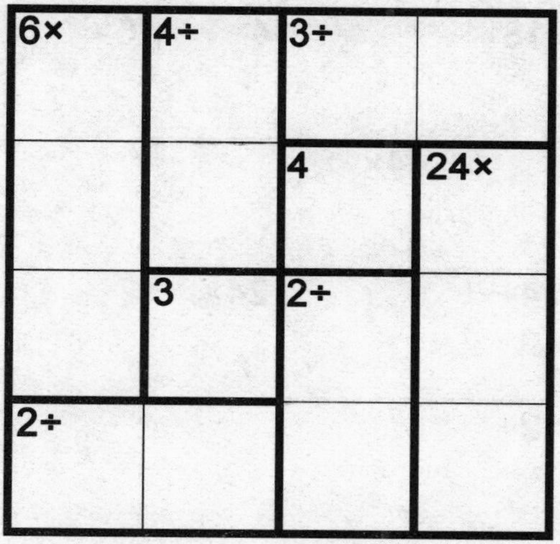

6×	4+	3+	
		4	24×
	3	2+	
2+			

☀ 56

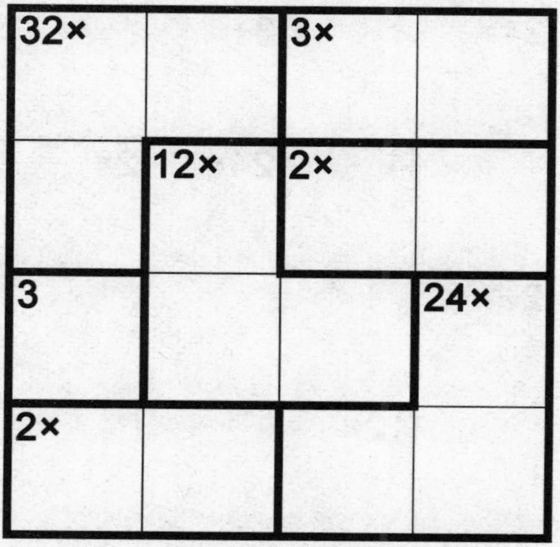

32×		3×	
	12×	2×	
3			24×
2×			

☀ 57

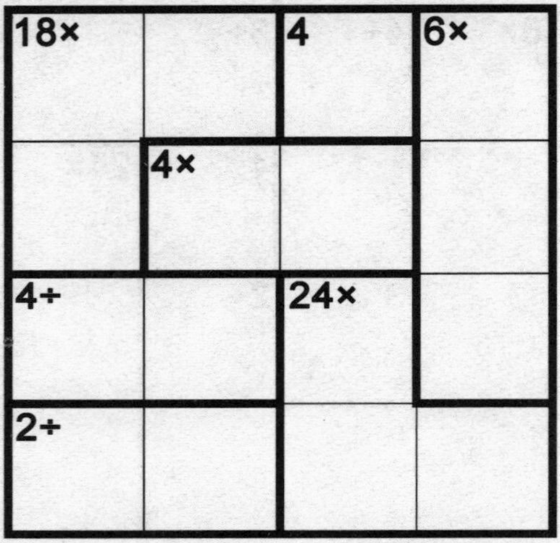

18×		4	6×
	4×		
4+		24×	
2+			

☀ 58

24×		3+	
	4	24×	2×
2+			
	12×		

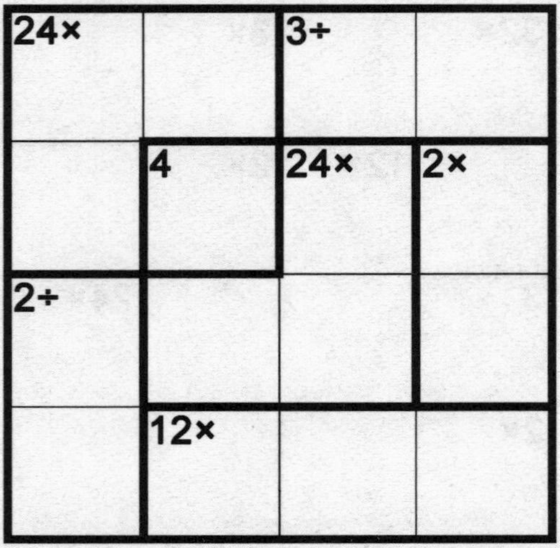

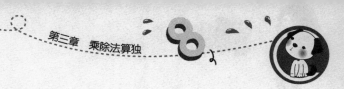

☀ 59

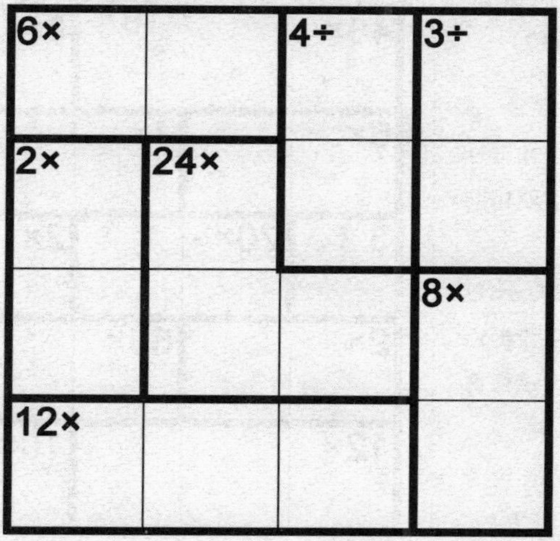

6×		4+	3+
2×	24×		
			8×
12×			

☀ 60

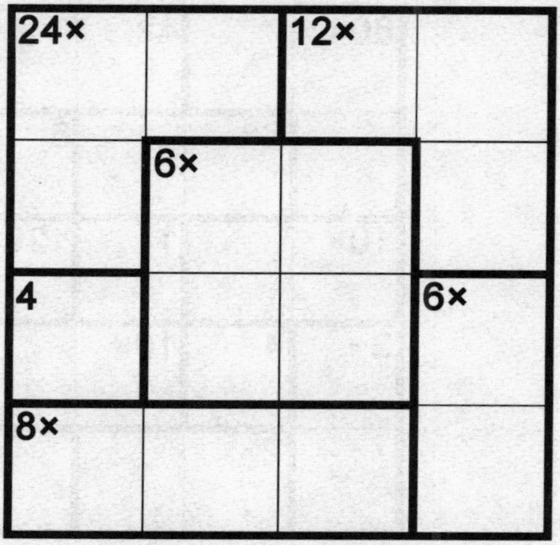

24×		12×	
	6×		
4			6×
8×			

算独规则：
（5×5盘面，乘除法运算的算独）

1. 把数字1～5填入空格内，且每行和每列不能出现相同的数字；

2. 粗线框只包含一格的，粗线框内左上角数字为该格内数字；

3. 粗线框包含两格或两格以上的，粗线框内左上角数字为粗线框内数字相乘、除的结果。

☀ 61

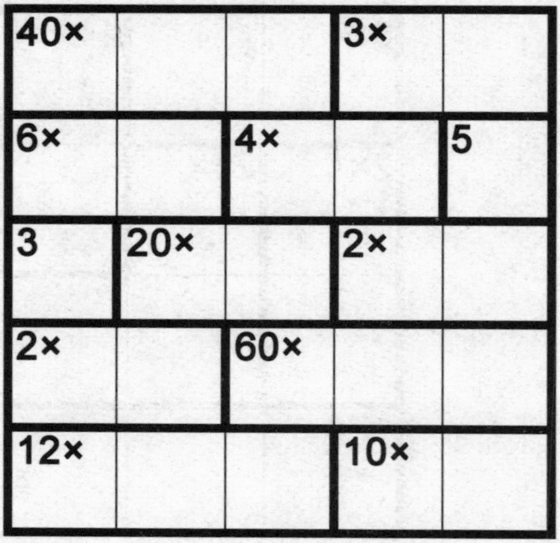

40×			3×	
6×		4×		5
3	20×		2×	
2×		60×		
12×			10×	

☀ 62

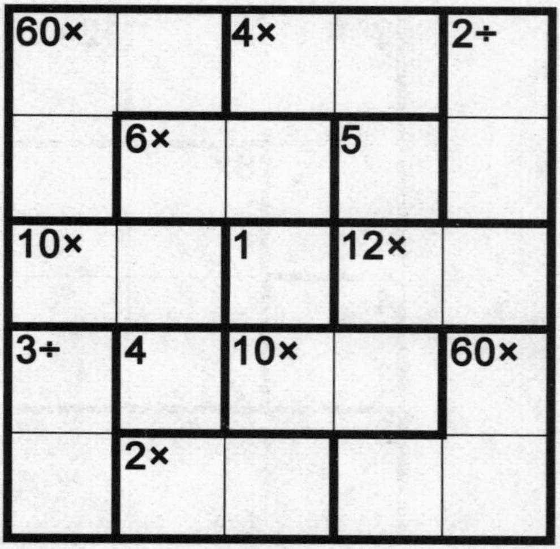

60×		4×		2+
	6×		5	
10×		1	12×	
3+	4	10×		60×
	2×			

052

☀ 63

30×			4×	
3×		40×		
2	60×			1
20×			6×	
10×		12×		

☀ 64

30×	5×		8×	
		3		12×
2×	40×			
	12×	4	25×	
		6×		

☀ 65

60×			5+	40×
3+		2		
40×	6×			
	5+	3	4+	
		24×		

☀ 66

4+		40×	30×	5+
6×				
	30×	1		12×
5+		12×		
			2+	

☀ 67

8×			15×	
6×	5	15×	5×	24×
	8×			
			4	
15×		8×		

☀ 68

24×			6×	5
15×	8×			
		1	30×	4×
60×				
1		40×		

☀ 69

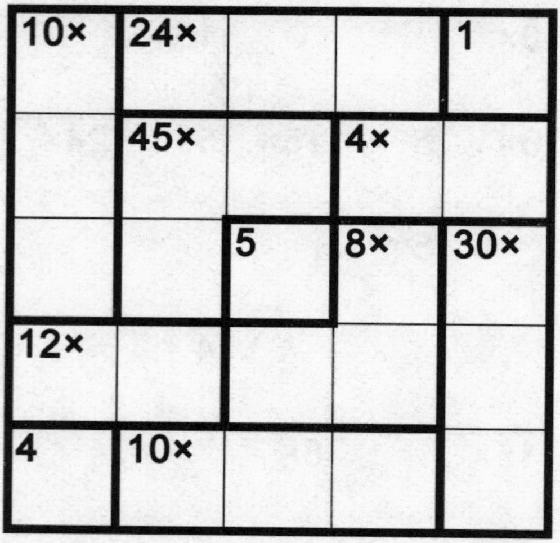

10×	24×			1
	45×		4×	
		5	8×	30×
12×				
4	10×			

☀ 70

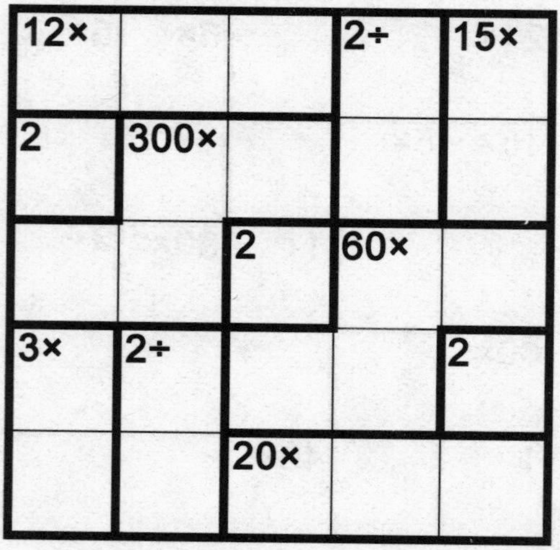

12×			2+	15×
2	300×			
		2	60×	
3×	2+			2
		20×		

056

☀ 71

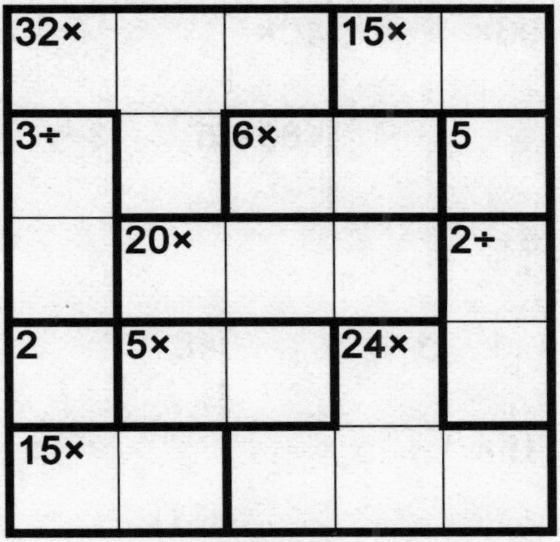

32×			15×	
3+		6×		5
	20×			2+
2	5×		24×	
15×				

☀ 72

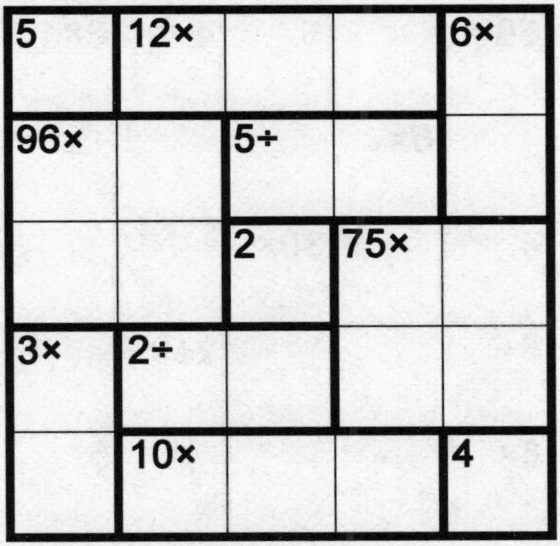

5	12×			6×
96×		5+		
		2	75×	
3×	2+			
	10×			4

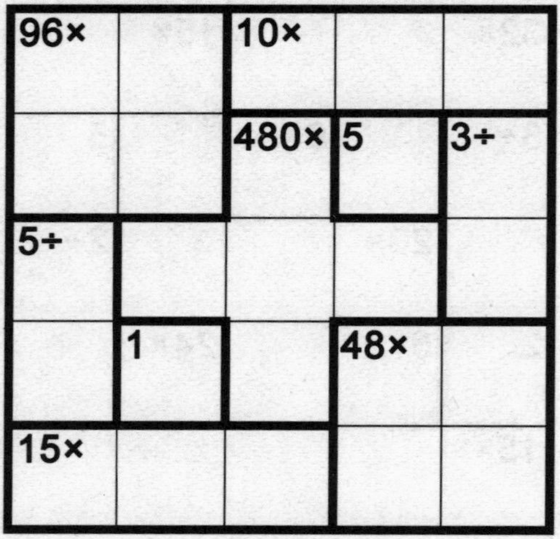 96×		10×		
		480×	5	3+
5+				
	1		48×	
15×				

60×		5	4+	6×
	6×			
4		30×		
5+			24×	
8×				5

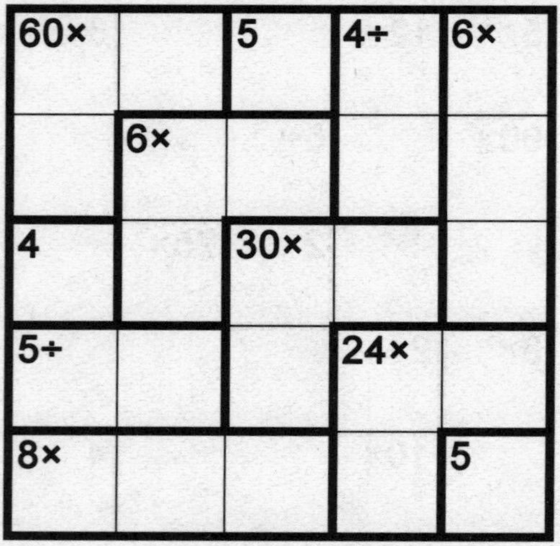

☀ 75

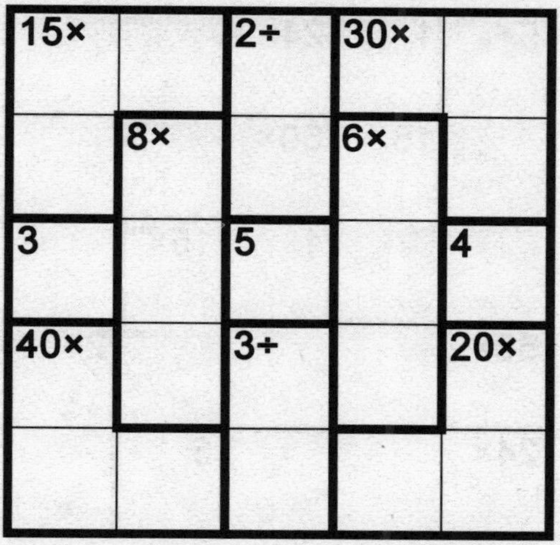

15×		2+	30×	
	8×		6×	
3		5		4
40×		3+		20×

☀ 76

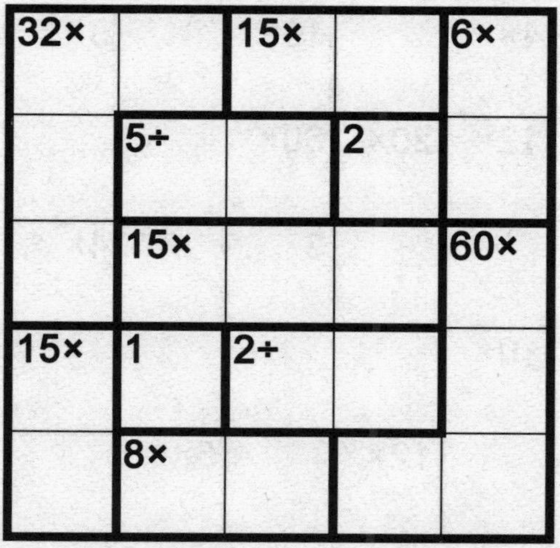

32×		15×		6×
	5+		2	
	15×			60×
15×	1	2+		
	8×			

☀ 77

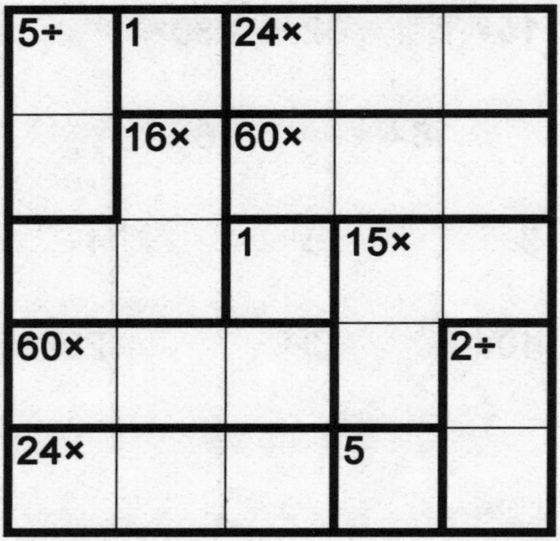

5+	1	24×		
	16×	60×		
		1	15×	
60×				2+
24×			5	

☀ 78

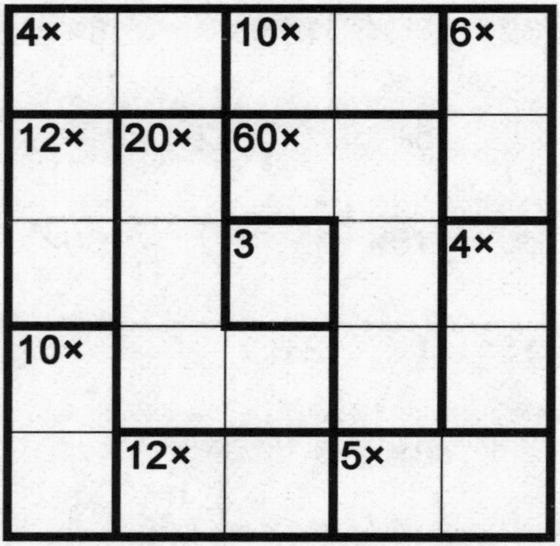

4×		10×		6×
12×	20×	60×		
		3		4×
10×				
	12×		5×	

060

☀ 79

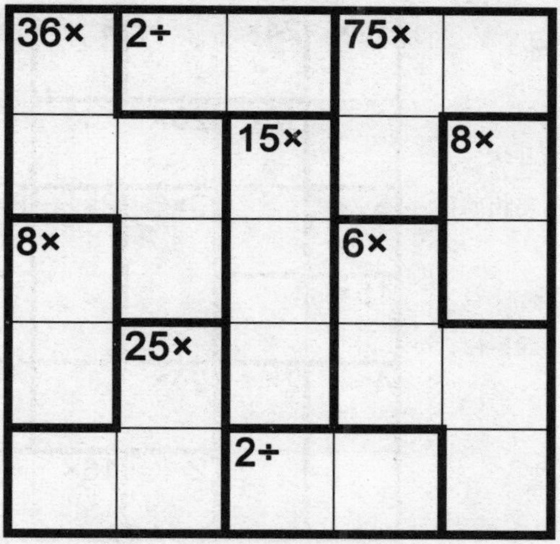

36×	2+		75×	
		15×		8×
8×			6×	
	25×			
		2+		

☀ 80

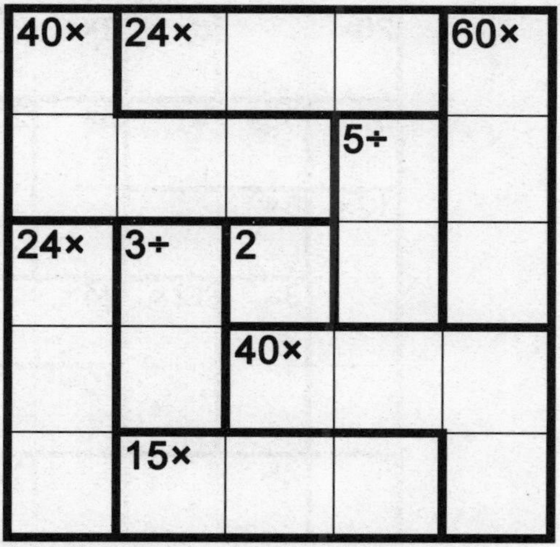

40×	24×			60×
			5+	
24×	3+	2		
		40×		
	15×			

算独规则：
（6×6盘面，乘除法运算的算独）

1. 把数字1～6填入空格内，且每行和每列不能出现相同的数字；

2. 粗线框只包含一格的，粗线框内左上角数字为该格内数字；

3. 粗线框包含两格或两格以上的，粗线框内左上角数字为粗线框内数字相乘、除的结果。

☀ 81

12×	24×		5	2×	3÷
	18×	20×			
5		3×	2×	8×	
15×				18×	4
4÷	2×	24×			30×
		2	15×		

☀ 82

20×		6	2×		3
3	30×		3×	20×	10×
12×	8×				
	3×	12×	24×		
			10×		6
5	2×		6	12×	

☀ 83

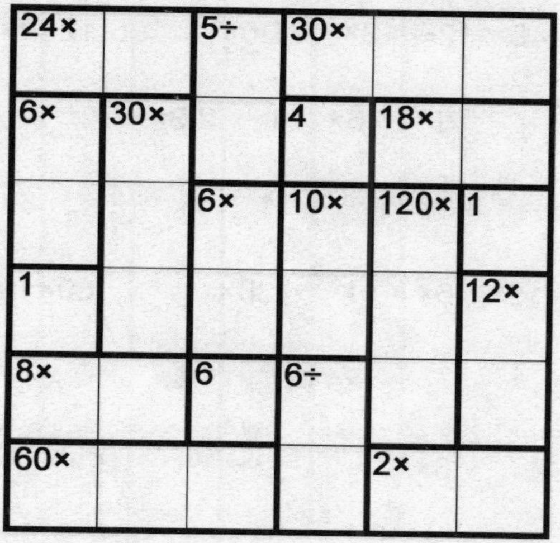

24×		5÷	30×		
6×	30×		4	18×	
		6×	10×	120×	1
1					12×
8×		6	6÷		
60×				2×	

☀ 84

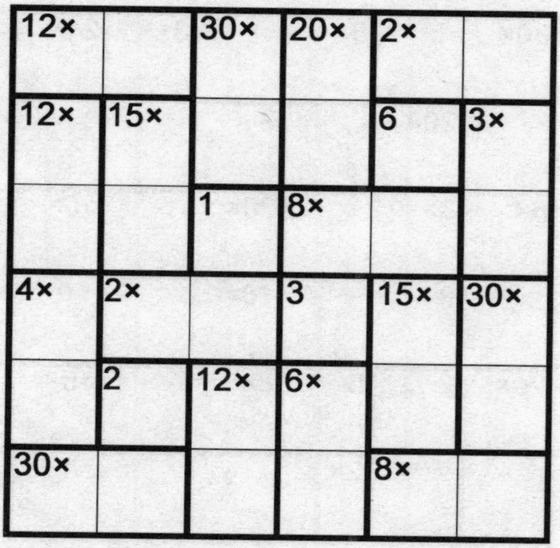

12×		30×	20×	2×	
12×	15×			6	3×
		1	8×		
4×	2×		3	15×	30×
	2	12×	6×		
30×				8×	

 85

48×	2÷		20×		12×
	5	6×		3×	
	20×		1		
15×	6×	1	30×		60×
		24×		2	
	6×		2÷		

 86

30×		6×		3÷	24×
	20×		2		
6×	3×		20×		10×
	8×		18×		
20×	2÷	6	8×		15×
		2×			

☀ **87**

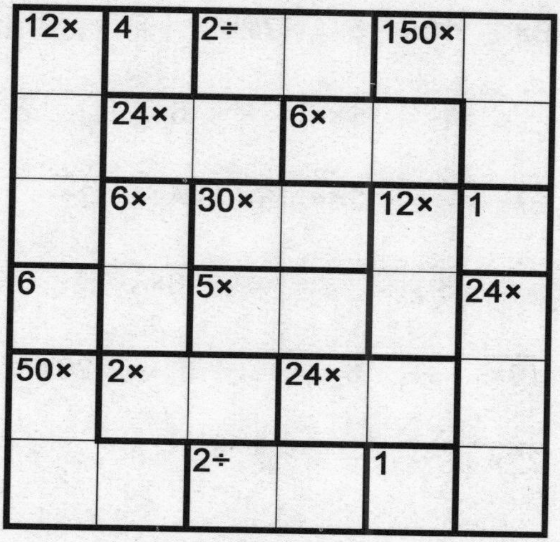

12×	4	2÷		150×	
	24×		6×		
	6×	30×		12×	1
6		5×			24×
50×	2×		24×		
		2÷		1	

☀ **88**

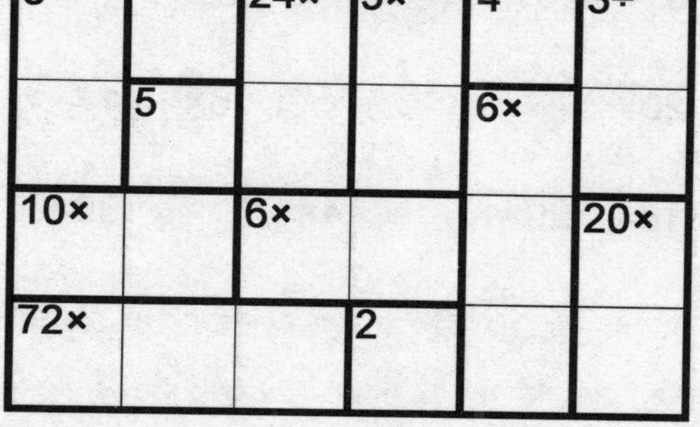

8×	18×	5	72×		
		6×		5×	
3÷		24×	5×	4	3÷
	5			6×	
10×		6×			20×
72×			2		

89

8×	18×	5	72×		
		6×		5×	
3÷		24×	5×	4	3÷
	5			6×	
10×		6×			20×
72×			2		

90

12×		3×	5	48×	
	6×		10×		
5		144×		12×	
20×				6×	1
18×	20×		4×		30×
		6			

☀ 91

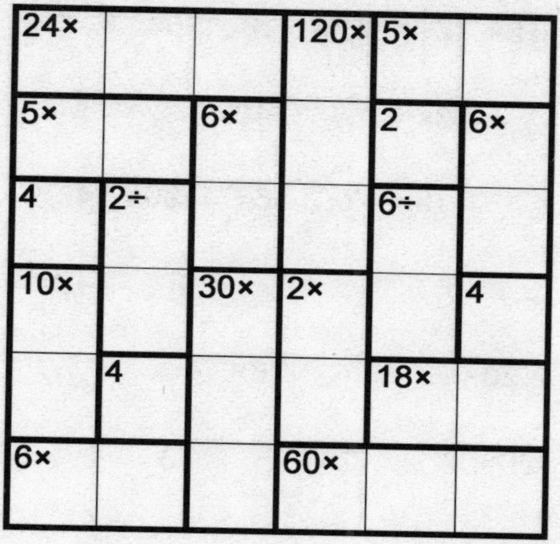

24×			120×	5×	
5×		6×		2	6×
4	2÷			6÷	
10×		30×	2×		4
	4			18×	
6×			60×		

☀ 92

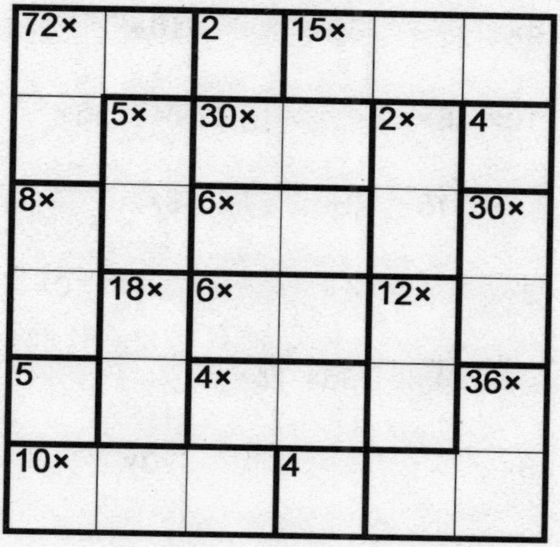

72×		2	15×		
	5×	30×		2×	4
8×		6×			30×
	18×	6×		12×	
5		4×			36×
10×			4		

☀ 93

18×	2	24×		5×	
	3×		40×		
	15×	2÷	6÷	30×	4
2					18×
120×			6×		
20×		2×		3	

☀ 94

4×		60×		18×	
10×	8×			3	6÷
	15×	3÷		8×	
2÷		4÷			10×
	4	36×	5×		
6×				20×	

☀ 95

6×		8×		30×	
	6×		54×	5	4÷
20×		2			
2÷	6×		5	24×	
	5		4×		12×
24×		5×			

☀ 96

12×		5	18×		80×
18×		2÷			
	5	12×	40×		3
2				6	2×
80×		2÷		30×	
	3×		2		

☀ 97

5÷	120×	18×		2÷	
		3	40×		
8×		4×		6	15×
	2	6×		12×	
6×			5		3÷
2÷		20×			

☀ 98

60×	12×			10×	
	6×	6	4×		18×
		15×		120×	
12×		10×			8×
	24×		1		
5×		36×			

☀ **99**

60×			3÷	2÷	
6×		5		20×	90×
30×	8×				
	24×	18×			
		2÷	1	12×	
3÷			60×		

☀ **100**

15×		12×			24×
2÷	10×		18×		
	4÷			15×	
6×		12×	5÷		3÷
36×			20×		
	10×			12×	

第四章 四则运算算独

四则运算算独涉及的计算法则包含加、减、乘、除四种，所以出现的数字组合会更加复杂一些，而且盘面比乘除法算独还要大一些，适合对算独解法理解力较强的读者。

四则运算算独中涉及的常用解法与加减法算独和乘除算独中的解法基本相同，只是盘面变大，粗线框中给出的得数也会相应变大，其中的数字组合也会变得更加复杂。加重了计算技巧的应用，注意要把所有可运算出得数的数字组合考虑周到，不要有遗漏。

下面我们再强调一下两种非计算类的解题技巧，这两种技巧也是数独中常用的方法。

第1节 四则运算算独解题技巧

一、区块排除法

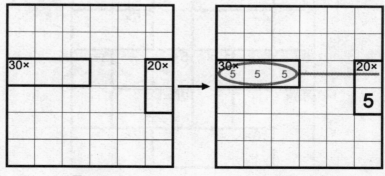

图4-1　　　　　　　　　　　图4-2

说明：在图4-1所示的六字算独中，C行中三格粗线框得数积为30，则三格数字组合为（1、5、6）或（2、3、5），无论哪种组合，三格内必有一格为5，则该行粗线框外的其他格就不能再出现数字5了，因此6列中两格粗线框得数积为20内的数字（4、5）组合的位置会被确定，如图4-2所示。

这种排除不同于某一格已出现数字的排除作用，也不同于几格内一组已确定的数字组合的排除作用，它是由并列几格构成一个必定含有一个数字的"区块"，我们利用区块中必定含有的数字对同行或同列其他格进行排除，所以这种方法叫做"区块排除法"。

二、交叉剩一法

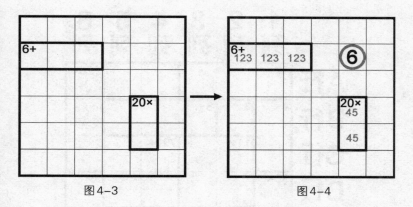

图4-3　　　　　　　　　　图4-4

说明：在图4-3中，B行中三格粗线框得数和为6，只含一种数字组合（1、2、3）；5列中两格粗线框得数积为20，只含一种数字组合（4、5）；这两个粗线框中包含的五个格中的数字都对交叉处的B5格（图4-4）有排除作用，在交叉处的B5格中既不能填入1、2、3也不能填入4、5，只剩下最后一个数字6可以填，所以这种方法叫做"交叉剩一法"。

第2节　四则运算算独例题详解

例题

如图4-5所示（6×6盘面，四则运算算独）

规则

1. 把数字1～6填入空格内，且每行和每列不能出现相同的数字；

2. 粗线框只包含一格的，粗线框内左上角数字为该格内数字；

3. 粗线框包含两格或两格以上的，粗线框内左上角数字为其所含数字按照该框内符号运算后的结果。

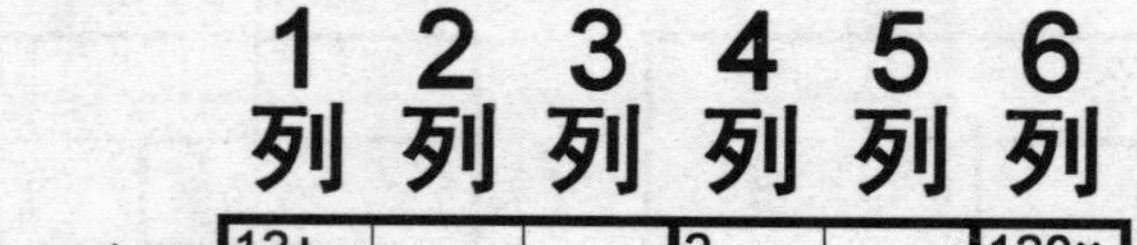

	1列	**2列**	**3列**	**4列**	**5列**	**6列**
A行	12+			2-		120×
B行	4÷	3	8+			
C行		11+		720×		
D行	90×					2÷
E行		11+			4	
F行		3-		10+		

图4-5

解题步骤

1. 在图4-6中，首先在单格粗线框B2格内填入数字3、E5格内填入数字4；

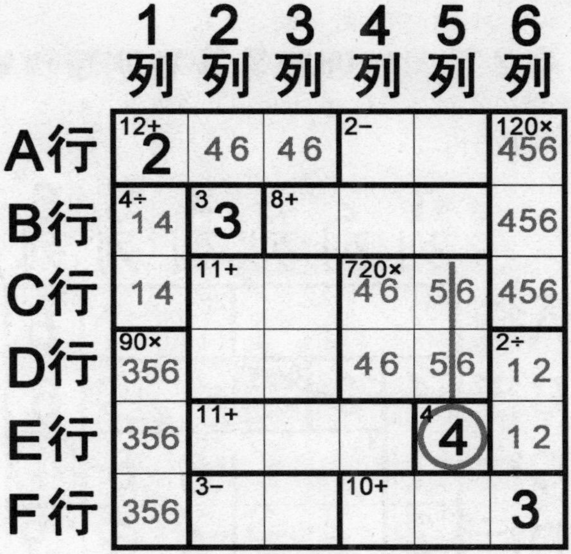

	1列	**2列**	**3列**	**4列**	**5列**	**6列**
A行	12+ **2**	46	46	2-		120× 456
B行	4÷ 14	3 **3**	8+			456
C行	14	11+		720× 46	5 6	456
D行	90× 356			46	5 6	2÷ 1 2
E行	356	11+			4 **④**	1 2
F行	356	3-		10+		**3**

图4-6

2. B1格与C1格的粗线框内应为数字组合（1、4）；

3. 在D1格、E1格与F1格组成的三格粗线框内应为数字组合（3、5、6）；

4. 根据解题步骤2和解题步骤3，利用剩一法在A1格内填入2，之后通过计算得到A2格与A3格内只能为数字组合（4、6）；

5. A6、B6与C6三格粗线框内为数字组合应为（4、5、6）；

6. 根据步骤5，得到的数字组合（4、5、6）在6列的排除作用，D6格与E6格内的数字组合不能是（3、6）或（2、4），只能为（1、2）；

7. 根据解题步骤5和解题步骤6的结果，F6格内用剩一法填入数字3；

8. C4、C5、D4和D5四格组成的粗线框得数积为720，经分析只有一种数字组合（4、5、6、6），由于E5格内为4，又由于两个6不能同列，所以C5与 D5两格中为数字组合（5、

6），则C4与 D4 两格中为数字组合（4、6）；

9. 在图4-7中根据解题步骤4和解题步骤5的结果，利用A2、A3格数组（4、6）对A6、B6、C6格数组（4、5、6）中4、6的排除，在A6内填5；

	1列	2列	3列	4列	5列	6列
A行	12+ 2	46	46	2- 13	13	120× 5
B行	4÷ 4	3 3	8+ 125	125	125	6
C行	1	11+		720× 6	5	4
D行	90× 356			4	6	2÷ 12
E行	356	11+			4 4	12
F行	356	3-		10+		3

图4-7

10. A4格与A5格中数字组合应为（1、3）；

11. 由于B2格内为3，导致B3、B4和B5组成的粗线框内的数字组合不能是（1、3、4）而只能为（1、2、5）；

12. 根据解题步骤11所得到数字组合（1、2、5）在B行对B1格的排除，得到C1格的数字1，再得到B1格数字4；

13. 通过解题步骤11和解题步骤12，B行中只剩下一个空格B6格，应填入数字6，再由此推出C6格填入数字4；

14. 由于C6格内填4，对C行其他格进行排除，得到D4格内为4，同时得到C4内为6；

15. 由于C4格内为6，对C行其他格进行排除，则这个粗线框中包含的另一个数字6应填入到D5格内，同时C5格内填

076

入数字5；

16. 在图4-8中，由于B2格中已填入的数字3对同列中C2格排除，根据排除法在C3格填入3，在C行最后一个空格C2格填入2；

	1 列	**2** 列	**3** 列	**4** 列	**5** 列	**6** 列
A行	12+ 2	4 6	4 6	2− 1 3	1 3	120× 5
B行	4+ 4	3 3	8+ 1 2 5	1 2 5	1 2 5	6
C行	1	11+ 2	3	720× 6	5	4
D行	90× 3	1 5	1 5	4	6	2÷ 2
E行	5 6	11+			4 4	1
F行	5 6	3− 1 4	1 4	10+		3

图4-8

17. 由于C2、C3、D2和D3组成的粗线框得数和为11，根据步骤16，得到D2与D3格两数和为11−2−3=6。又因为D4格内为4，所以D2格与D3格中不能是数字组合（2、4），只能是数字组合（1、5）；

18. 根据步骤17得到的数组（1、5）中的数字1对D行D6格进行排除，得到E6格内填入1，D6格内填入2；

19. 在D1格中运用行剩一法填入数字3；

20. 由于B1、D4和E5内都为4，三格同时对F行进行排除，得到（F2、F3）两格粗线框内必有4，又因为该粗线框得数差为3，推理出与4之差为3的只能是数字组合（1、4）；

21. 在图4-9中，由于F行中出现了3和数字组合（1、4），

则F4和F5两格内为数字组合（2、5），又由于C5格为5对同列F5格进行排除，可确定F4格内为5，F5格内为2；

	1列	2列	3列	4列	5列	6列
A行	12+ 2	46	46	2− 13	13	120× 5
B行	4÷ 4	3 3	8+ 125	125	125	6
C行	1	11+ 2	3	720× 6	5	4
D行	3	15	15	4	6	2÷ 2
E行	5	11+ 6			4 4	1
F行	6	3− 14	14	10+ 5		3

图4-9

22. 由于F4内为5，对F行F1格进行排除，得到 E1格内填入5，则F1格内填入6；

23. 由于2列中已出现数字2、3，E行已出现数字1、4、5，二者交叉处E2格内不能再出现以上五个数字，根据“交叉剩一法”只能填入6；

24. 在图4-10中，由于E2格已填入数字6，根据排除法对同列A2格进行排除，得到 A3中内填入6，A2中内填入4；

25. 由于A2格内为4，根据排除法对同列F2格进行排除，在F行得到F3格内填入4，F2格内填入数字1；

26. 由于F2格内为1，根据排除法对同列D2格进行排除，得到D3格内填入数字1，D2格内填入数字5；

27. 由于C3格内为3，根据排除法对同列E3格进行排除，得到E4格内填入数字3，E3格内填入数字2；

	1列	2列	3列	4列	5列	6列
A行	¹²⁺2	4	6	^{2−}1	3	^{120×}5
B行	^{4÷}4	³3	⁸⁺5	2	1	6
C行	1	¹¹⁺2	3	^{720×}6	5	4
D行	^{90×}3	5	1	4	6	^{2÷}2
E行	5	¹¹⁺6	2	3	⁴4	1
F行	6	^{3−}1	4	¹⁰⁺5	2	3

图 4–10

28. 由于E4格内为3，根据排除法对同列A4格进行排除，得到A5格内填入数字3，A4格内填入数字1；

29. 最后三格中需要填入的数字全部可根据剩一法求出，在3列中B3格内填入数字5，在4列中B4格内填入数字2，在5列中B5格内填入数字1。

至此，题目解完。

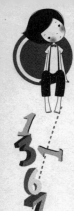

算独

第3节　四则运算算独练习题

101

1−		3×		1−
12×	2÷		9+	
	5+	5		5×
1−		4÷		
	15×		2−	

102

10+		1−		6×
	7+		5	
6×		5	4×	
8×	5	7+		9+
	1−			

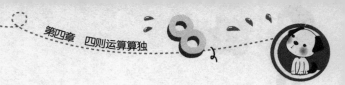

☀ 103

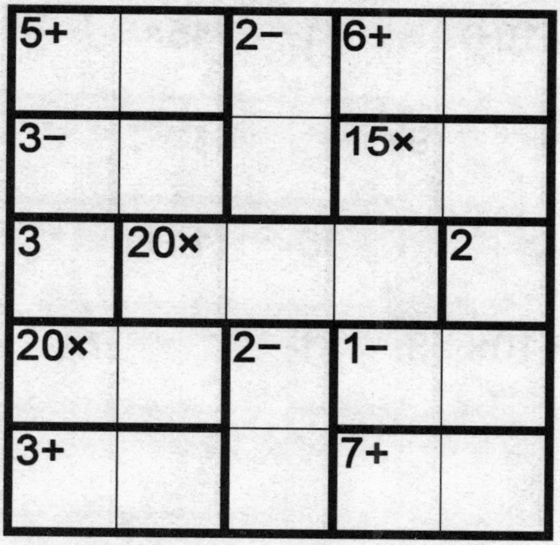

5+		2-	6+	
3-			15×	
3	20×			2
20×		2-	1-	
3+			7+	

☀ 104

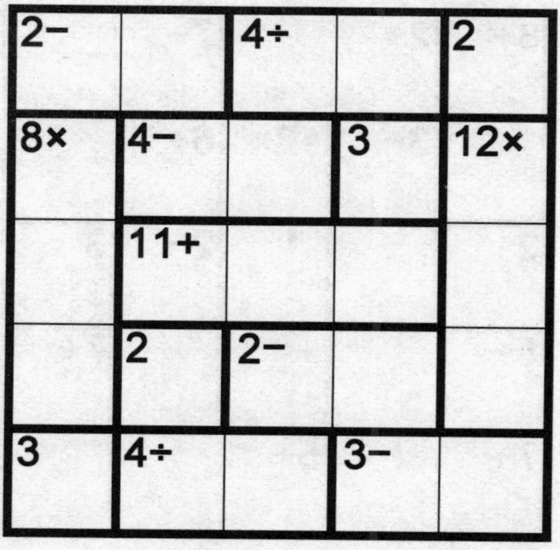

2-		4÷		2
8×	4-		3	12×
	11+			
	2	2-		
3	4÷		3-	

☀ 105

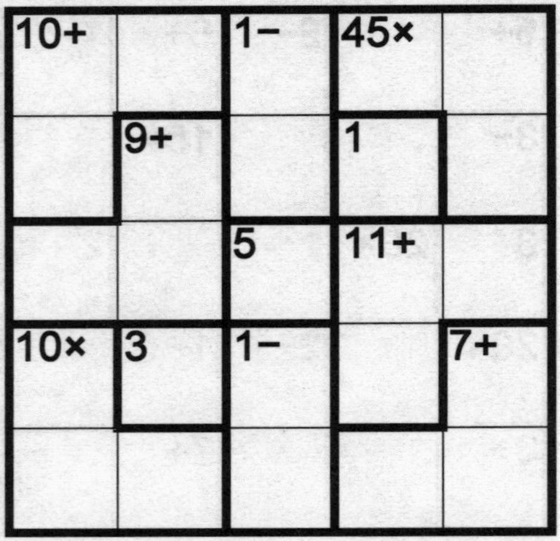

10+		1−	45×	
	9+		1	
		5	11+	
10×	3	1−		7+

☀ 106

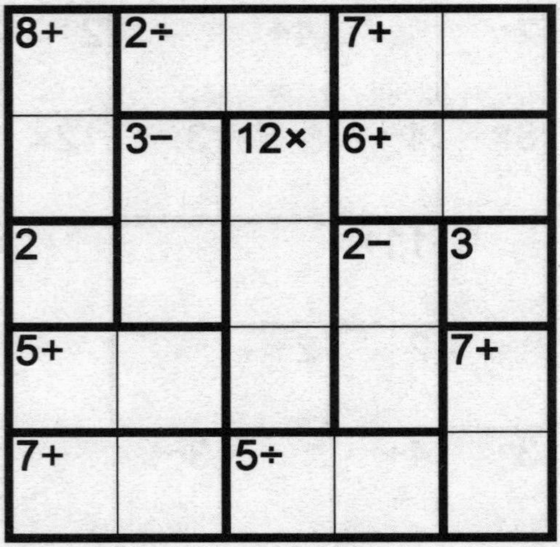

8+	2÷		7+	
	3−	12×	6+	
2			2−	3
5+				7+
7+		5÷		

☀ 107

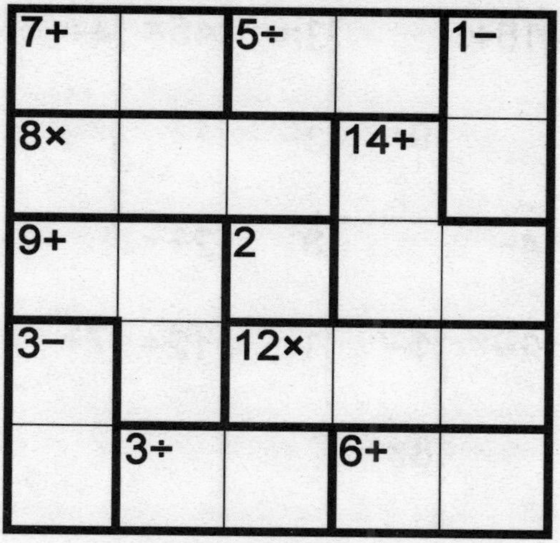

7+		5÷		1−
8×			14+	
9+		2		
3−		12×		
	3÷		6+	

☀ 108

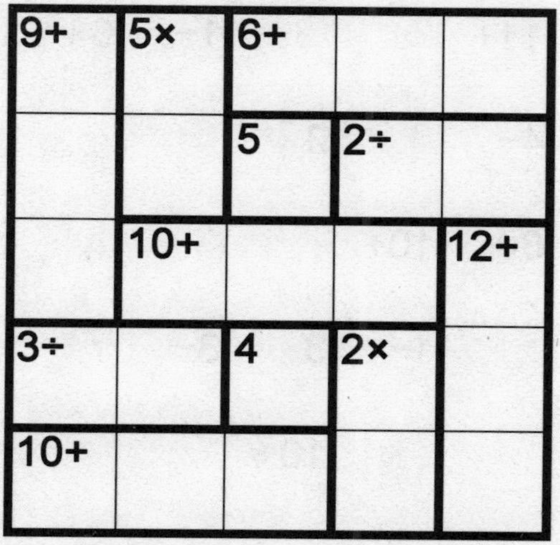

9+	5×	6+		
		5	2÷	
	10+			12+
3÷		4	2×	
10+				

☀ 109

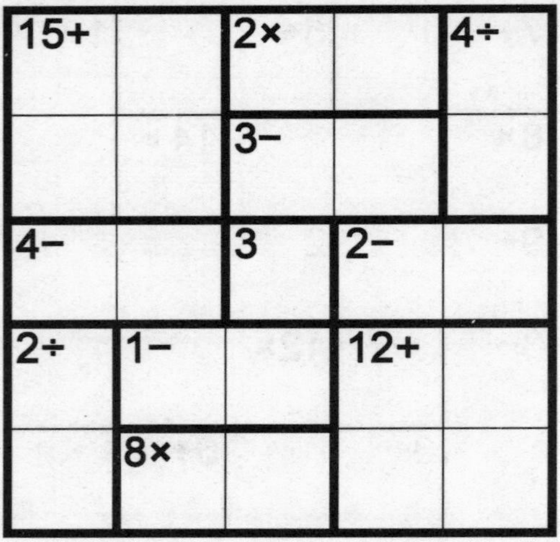

15+		2×		4÷
		3−		
4−		3	2−	
2÷	1−		12+	
	8×			

☀ 110

11+			1−	6×
4−		2		
6×	10+			
	1−	3	3−	
		10+		

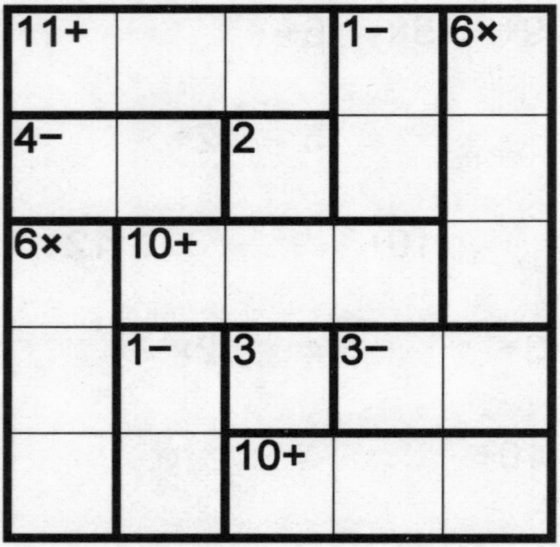

算独规则：
（6×6盘面，四则运算的算独）

1. 把数字1～6填入空格内，且每行和每列不能出现相同的数字；

2. 粗线框只包含一格的，粗线框内左上角数字为该格内数字；

3. 粗线框包含两格或两格以上的，粗线框内左上角数字为粗线框内数字相加、减、乘或除的结果。

☀ 111

6+	6÷	15×		3-	
		2	9+		10×
6	7+	5+		8+	
15×		8+			1
	7+		1	2÷	9+
4-		24×			

☀ 112

5+	4	8+		2-	
	4+		3-	3÷	
15×	11+	4		4+	2×
		3-	4		
3÷			5+		9+
1-		8+		6	

113

8+		12×		4÷	
3	2−		12+		
7+		4×	30×	1−	
5−				5+	
10+			3−		2
3÷		12×		6+	

☀ 114

5+		1−		120×	
3+		11+		3	
24×	5−		5+		5×
	5+		1−		
30×	5	5+		8+	
		2−		4+	

☀ 115

11+		8+			3−
6×	8+		3−	8+	
	5+				4
3	5+	4−	6+		18×
2−			11+		
	14+			3+	

☀ 116

15+			2×		2−
6÷	1	9+			
	8+		6	6+	
7+		2	6+		6÷
3−	15+			3	
	2×		13+		

☀ 117

10+		2−		3×	
	1−		3÷		1
6+			6	9+	
5+		5	11+		
1	3÷		2−		11+
24×		2−			

☀ 118

13+			4÷	12×	
1−	10+			5	5+
		4	11+		
8+	5+		3	12+	5−
	5	3÷			
12×			8+		

119

1−		6+			2÷
60×			11+	1	
7+	5+	6		6+	8+
		6+	1		
2÷	1		90×		
	12+			5−	

120

10+		10+			12×
3−	6×		6÷		
	8+	10+		3+	
12×		6+			4−
	4÷		30×		
	11+			9+	

☀ 121

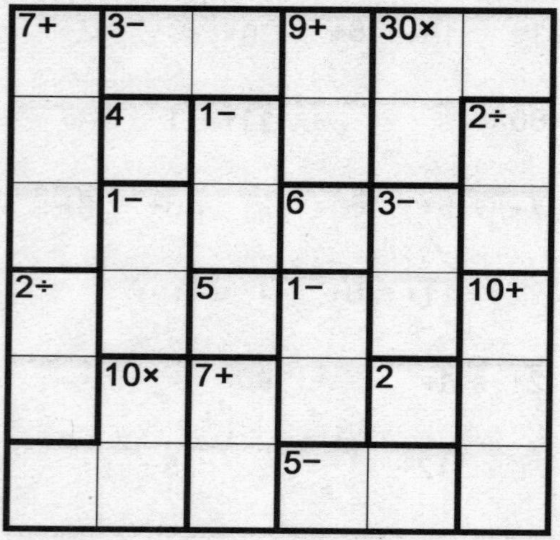

7+	3−		9+	30×	
	4	1−			2÷
	1−		6	3−	
2÷		5	1−		10+
	10×	7+		2	
			5−		

☀ 122

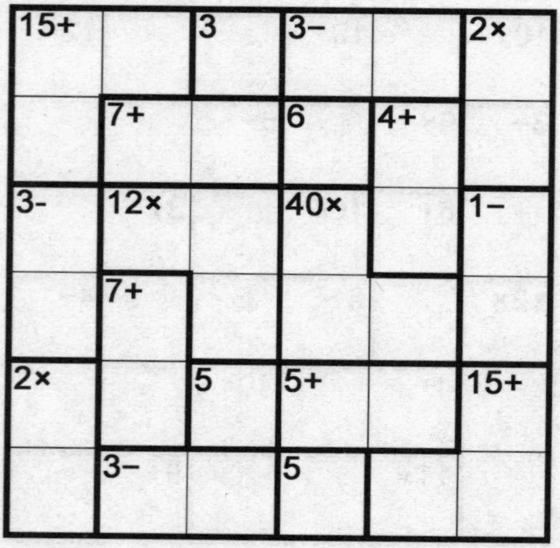

15+		3	3−		2×
	7+		6	4+	
3−	12×		40×		1−
	7+				
2×		5	5+		15+
	3−		5		

☀ 123

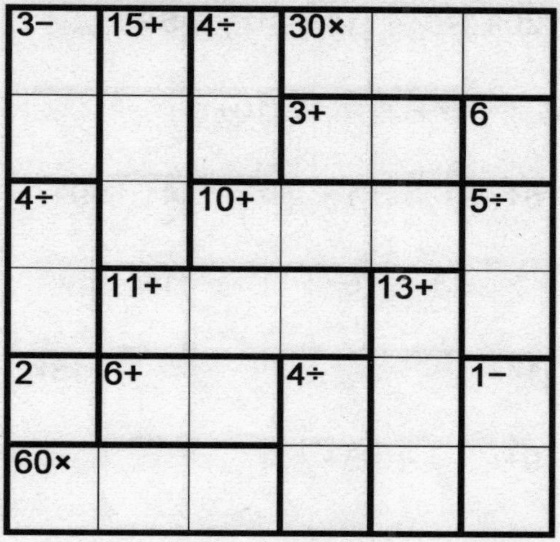

3−	15+	4÷	30×		
			3+		6
4÷		10+			5÷
	11+			13+	
2	6+		4÷		1−
60×					

☀ 124

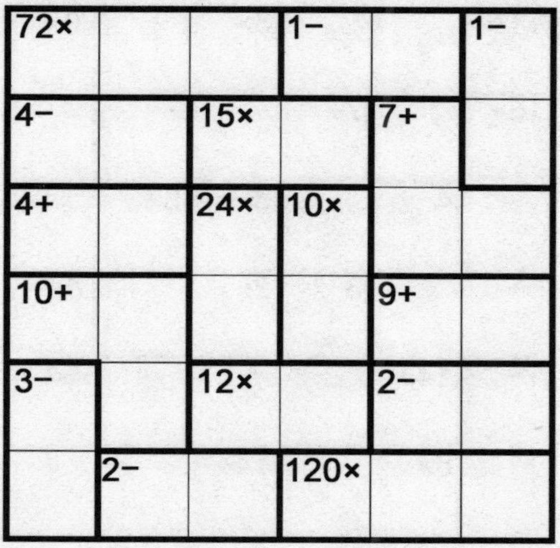

72×			1−		1−
4−		15×		7+	
4+		24×	10×		
10+				9+	
3−		12×		2−	
	2−		120×		

☀ 125

20×		11+		5+	
	7+		10+		
8+		1−		4	9+
	3	6÷		11+	
14+					18×
9+		3+			

☀ 126

11+			3×		1−
15+		7+			
	4−		3	6+	
6+		3	2−		7+
1−	14+				
	8×		14+		

☀ 127

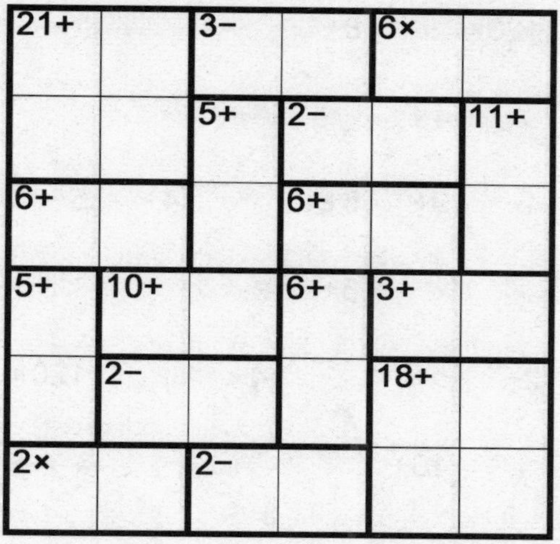

21+		3−		6×	
		5+	2−		11+
6+			6+		
5+	10+		6+	3+	
	2−			18+	
2×		2−			

☀ 128

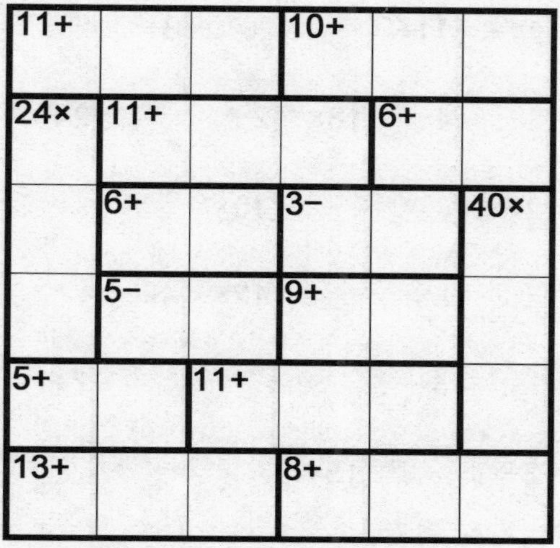

11+			10+		
24×	11+			6+	
	6+		3−		40×
	5−		9+		
5+		11+			
13+			8+		

☀ 129

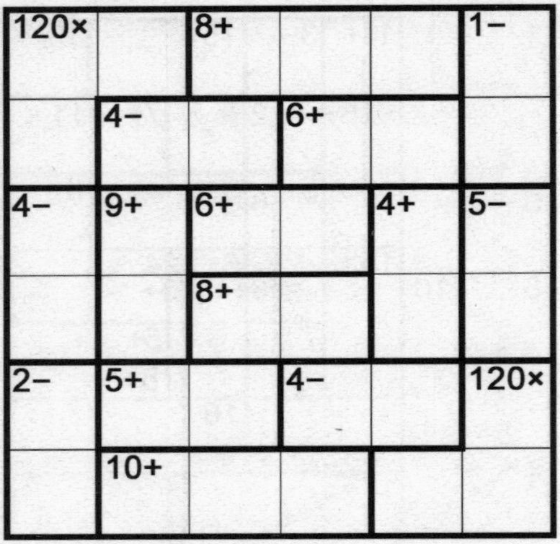

120×		8+			1−
	4−		6+		
4−	9+	6+		4+	5−
		8+			
2−	5+		4−		120×
	10+				

☀ 130

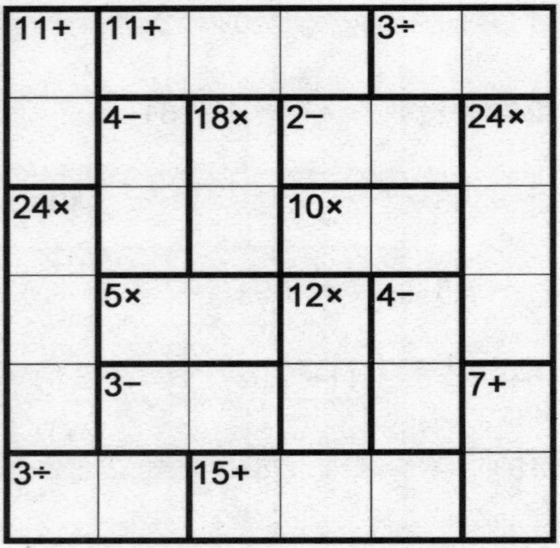

11+	11+			3÷	
	4−	18×	2−		24×
24×			10×		
	5×		12×	4−	
	3−				7+
3÷		15+			

算独规则：
（7×7盘面，四则运算的算独）

1. 把数字1～7填入空格内，且每行和每列不能出现相同的数字；

2. 粗线框只包含一格的，粗线框内左上角数字为该格内数字；

3. 粗线框包含两格或两格以上的，粗线框内左上角数字为粗线框内数字相加、减、乘或除的结果。

☀ 131

14+	3−	15×		15+		
		3	7+		2−	
	5+	9+		6÷	5	20×
15×		6÷	4		9+	
	7		5+			6+
3−		10+		7	2−	
17+			15×			

☀ 132

13+			9+		3−	15×
12+		1−		6		
5+		10+		3−		6×
24×	8+		7	6+		
	1−		6+		13+	
6×	5−	5	6−		7+	
		10+		14+		

☀ 133

7+		30×	12+	24×	8+	
8+	6−				2÷	
		4+		3−		6
24×			5	5+	21×	
7	2−		11+		4−	5+
2÷		14×		35×		
4+					11+	

☀ 134

8+		13+		3	35×	4
	12+		3+			21×
7+		45×		5+		
	10+		50×		11+	
4		7+		15+		
35×			12+		11+	
3	8×					5

☀ 135

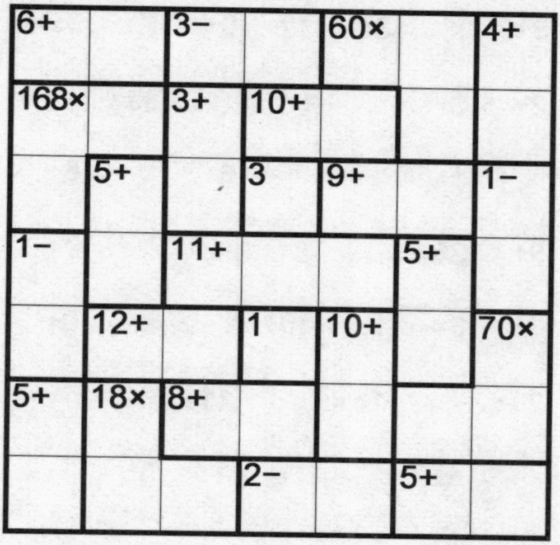

6+		3−		60×		4+	
168×		3+	10+				
	5+		3	9+		1−	
1−		11+			5+		
	12+		1	10+		70×	
5+	18×	8+					
			2−		5+		

☀ 136

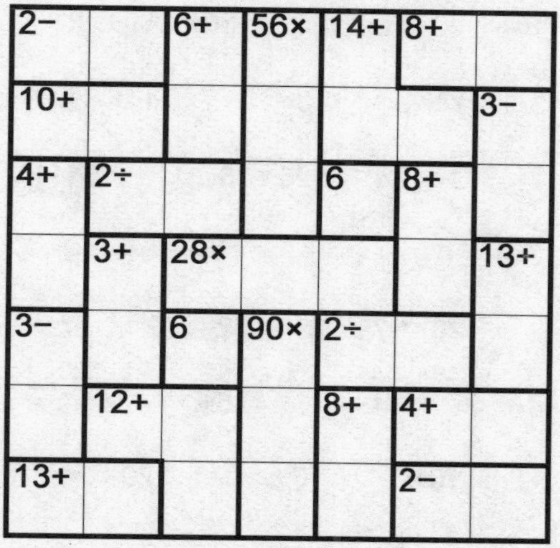

2−		6+	56×	14+	8+	
10+						3−
4+	2÷			6	8+	
	3+	28×				13+
3−		6	90×	2÷		
	12+			8+	4+	
13+					2−	

137

8+		7+		6−		35×
2÷	7+		1−		35×	
	8+			6		6+
8+	25+					
	8×	1	10+			6÷
20×		4−		11+		
	5−		11+		5+	

138

10+		3−		30×		2÷
3÷	11+		3−		14×	
	2÷	4	26+	3		11+
20×					3÷	
	20×	7		2		4−
4−		1−		5+		
	10+		6÷		20×	

☀ **139**

11+	1−	12×		12+		
		9+	5+		1−	
	5+		1	8+		24×
8×		15×			11+	
	3+		6	13+		12+
2−		7+			1−	
13+			5×			

☀ **140**

8+	2−		28×		7×	9+
		6+		6÷		
3×	17+		6		3−	
		10+			10+	7×
4−		3÷	5			
10+	14×		6+		12+	
		7×		3−		

☀ 141

20+		6+		8×		4−
		30×	2−		7×	
4	3+		10+			20×
6×		14+			9+	
	35×	10+		6×		7
4−		1−			11+	
	12×		11+			

☀ 142

9+	18+			6+	12×	4−
	5×		9+			
	1−	11+		4−		12×
12×			5	13+	5−	
	1−		4+			10+
2−	12×	9+		21×		
			11+			

100

☀ 143

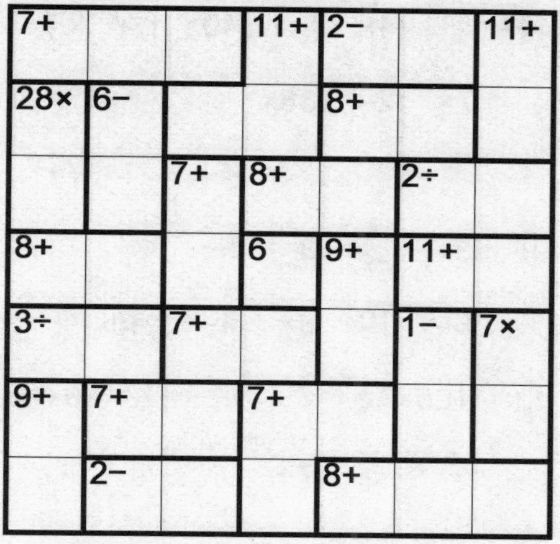

7+			11+	2−		11+
28×	6−			8+		
		7+	8+		2÷	
8+			6	9+	11+	
3÷		7+			1−	7×
9+	7+		7+			
	2−			8+		

☀ 144

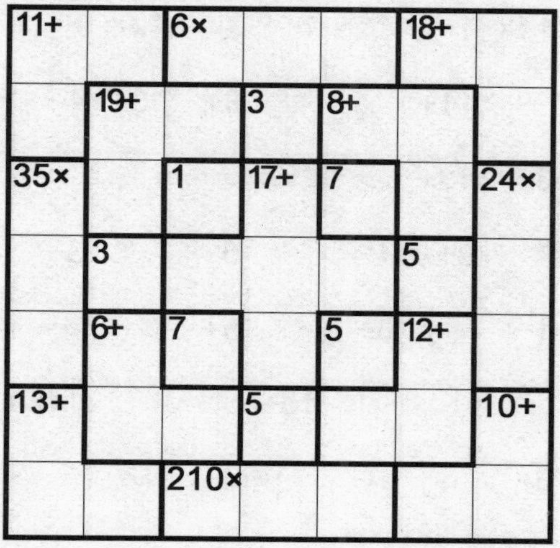

11+		6×			18+	
	19+		3	8+		
35×		1	17+	7		24×
	3				5	
	6+	7		5	12+	
13+			5			10+
	210×					

☀ 145

14+		4+		40×	17+	
	7×	2−	35×			
				4−		7+
9+	3÷		3	5÷		
	5−		8×	4−	210×	
13+	105×					6+
		7+				

☀ 146

14×	1−		1−		12×	
	11+			9+	13+	4−
3−	13+		210×			
	9+	4		5		3−
1−		3+		5+		
			15+			14×
3×		1−		4−		

☀ 147

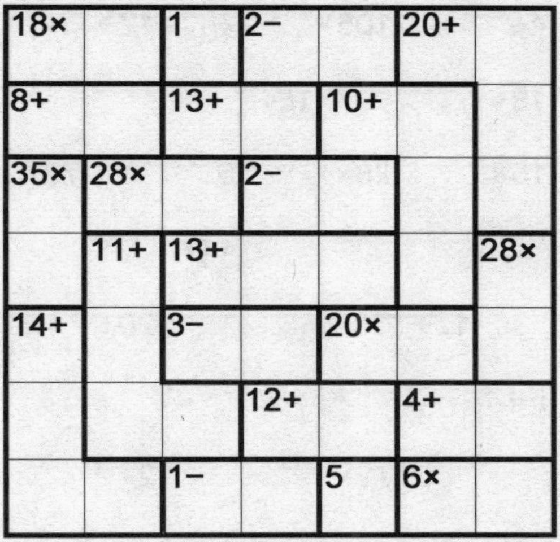

18×		1	2−		20+	
8+		13+		10+		
35×	28×		2−			
	11+	13+				28×
14+		3−		20×		
			12+		4+	
		1−		5	6×	

☀ 148

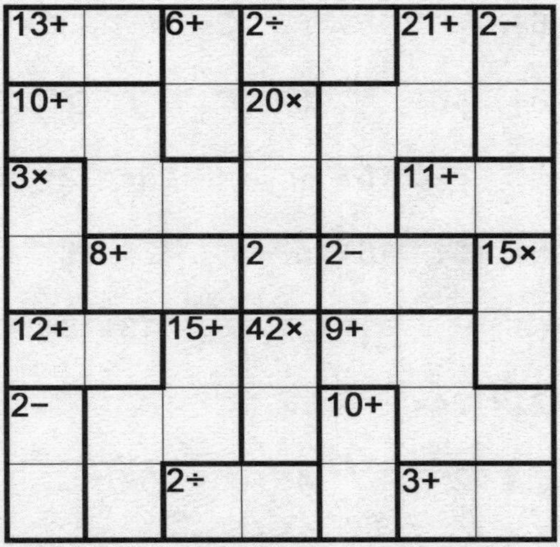

13+		6+	2÷		21+	2−
10+			20×			
3×					11+	
	8+		2	2−		15×
12+		15+	42×	9+		
2−				10+		
		2÷			3+	

☀ 149

4÷		105×			17+	5−
18+			15+			
15×		28×		5		72×
				14×		
	17+	6			20+	
5−						
		72×			2÷	

☀ 150

6+		1−		2−		35×
8+	16+		8×			
		15+			3−	2÷
5÷	3−	16+	5			
					18+	3+
21×	24×					
	2−		4−		5+	

104

第五章　答案

1

1	2	4	3
3	4	2	1
4	1	3	2
2	3	1	4

2

1	2	4	3
4	3	1	2
3	1	2	4
2	4	3	1

3

3	1	2	4
4	2	1	3
1	4	3	2
2	3	4	1

4

4	1	3	2
2	4	1	3
1	3	2	4
3	2	4	1

5

3	2	1	4
1	4	3	2
4	3	2	1
2	1	4	3

6

3	1	4	2
2	3	1	4
4	2	3	1
1	4	2	3

7

2	3	4	1
3	1	2	4
1	4	3	2
4	2	1	3

8

4	2	3	1
1	3	2	4
2	4	1	3
3	1	4	2

9

2	1	3	4
4	3	2	1
3	4	1	2
1	2	4	3

10

3	1	4	2
1	4	2	3
4	2	3	1
2	3	1	4

11

2	1	4	3
4	3	2	1
3	2	1	4
1	4	3	2

12

1	4	2	3
4	1	3	2
3	2	1	4
2	3	4	1

13

2	4	1	3
4	1	3	2
1	3	2	4
3	2	4	1

14

2	1	4	3
3	2	1	4
1	4	3	2
4	3	2	1

15

3	4	1	2
1	3	2	4
2	1	4	3
4	2	3	1

16

4	3	2	1
1	4	3	2
2	1	4	3
3	2	1	4

17

4	1	3	2
1	4	2	3
3	2	1	4
2	3	4	1

18

2	4	1	3
3	1	2	4
1	3	4	2
4	2	3	1

19

1	3	4	2
2	1	3	4
4	2	1	3
3	4	2	1

20

1	3	4	2
3	2	1	4
2	4	3	1
4	1	2	3

21

4	5	3	1	2
2	4	1	5	3
3	1	5	2	4
5	3	2	4	1
1	2	4	3	5

22

5	3	2	4	1
1	5	4	3	2
4	1	3	2	5
3	2	5	1	4
2	4	1	5	3

数独

23

1	4	3	5	2
4	2	5	1	3
2	3	1	4	5
5	1	2	3	4
3	5	4	2	1

24

2	4	5	1	3
5	3	2	4	1
4	1	3	5	2
3	5	1	2	4
1	2	4	3	5

25

3	5	1	4	2
4	3	2	1	5
1	2	4	5	3
5	1	3	2	4
2	4	5	3	1

26

3	2	1	5	4
2	1	3	4	5
5	4	2	1	3
4	3	5	2	1
1	5	4	3	2

27

1	2	4	5	3
5	1	2	3	4
3	5	1	4	2
4	3	5	2	1
2	4	3	1	5

28

5	3	2	4	1
3	4	5	1	2
4	2	1	3	5
1	5	4	2	3
2	1	3	5	4

29

4	2	1	5	3
3	4	2	1	5
5	3	4	2	1
1	5	3	4	2
2	1	5	3	4

30

5	4	2	3	1
4	1	3	5	2
1	2	5	4	3
2	3	4	1	5
3	5	1	2	4

31

1	4	3	5	2
3	1	2	4	5
4	3	5	2	1
2	5	4	1	3
5	2	1	3	4

32

4	3	2	1	5
3	2	1	5	4
1	5	4	3	2
2	1	5	4	3
5	4	3	2	1

33

4	2	3	1	5
1	3	4	5	2
5	4	1	2	3
2	1	5	3	4
3	5	2	4	1

34

5	2	1	4	3
4	3	2	1	5
1	5	3	2	4
3	1	4	5	2
2	4	5	3	1

35

2	5	1	4	3
5	4	2	3	1
4	3	5	1	2
1	2	3	5	4
3	1	4	2	5

36

3	4	2	1	5
1	5	3	2	4
5	3	1	4	2
4	2	5	3	1
2	1	4	5	3

37

5	3	2	1	4
2	4	3	5	1
4	5	1	2	3
3	1	5	4	2
1	2	4	3	5

38

2	1	5	4	3
1	4	3	5	2
4	2	1	3	5
3	5	4	2	1
5	3	2	1	4

39

2	3	5	4	1
5	4	1	3	2
4	1	2	5	3
3	2	4	1	5
1	5	3	2	4

40

4	2	1	3	5
5	4	3	2	1
3	1	4	5	2
2	3	5	1	4
1	5	2	4	3

41

6	4	1	2	5	3
1	2	4	5	3	6
4	5	3	1	6	2
5	6	2	3	4	1
2	3	6	4	1	5
3	1	5	6	2	4

42

2	3	1	6	4	5
3	2	6	5	1	4
4	6	5	3	2	1
5	1	4	2	3	6
1	5	3	4	6	2
6	4	2	1	5	3

43

4	2	5	6	1	3
2	1	3	5	6	4
3	5	2	1	4	6
1	6	4	3	5	2
6	4	1	2	3	5
5	3	6	4	2	1

44

5	4	3	1	6	2
4	2	1	3	5	6
3	6	4	5	2	1
6	1	5	2	3	4
2	3	6	4	1	5
1	5	2	6	4	3

45

2	1	3	5	6	4
3	4	2	1	5	6
4	6	5	2	3	1
5	2	6	4	1	3
6	5	1	3	4	2
1	3	4	6	2	5

46

6	5	4	3	1	2
3	4	2	1	5	6
5	1	6	2	4	3
2	6	1	4	3	5
1	3	5	6	2	4
4	2	3	5	6	1

47

2	4	3	6	5	1
5	6	2	3	1	4
4	3	1	2	6	5
1	5	6	4	3	2
6	2	5	1	4	3
3	1	4	5	2	6

48

3	6	5	1	4	2
1	4	3	6	2	5
4	2	6	5	1	3
2	5	1	4	3	6
5	3	4	2	6	1
6	1	2	3	5	4

49

3	1	4	6	2	5
6	3	1	4	5	2
2	4	6	5	1	3
5	2	3	1	4	6
1	6	5	2	3	4
4	5	2	3	6	1

50

4	6	5	1	3	2
3	5	4	6	2	1
6	3	2	5	1	4
2	1	6	3	4	5
1	4	3	2	5	6
5	2	1	4	6	3

51

2	4	1	3
4	2	3	1
3	1	2	4
1	3	4	2

52

2	3	1	4
4	1	2	3
3	2	4	1
1	4	3	2

53

2	3	1	4
3	4	2	1
4	1	3	2
1	2	4	3

54

3	1	4	2
2	3	1	4
1	4	2	3
4	2	3	1

55

2	4	3	1
3	1	4	2
1	3	2	4
4	2	1	3

56

2	4	1	3
4	3	2	1
3	1	4	2
1	2	3	4

57

2	3	4	1
3	4	1	2
4	1	2	3
1	2	3	4

58

4	2	1	3
3	4	2	1
1	3	4	2
2	1	3	4

59

3	2	4	1
2	4	1	3
1	3	2	4
4	1	3	2

60

2	4	3	1
3	1	2	4
4	3	1	2
1	2	4	3

61

5	4	2	1	3
2	3	1	4	5
3	5	4	2	1
1	2	5	3	4
4	1	3	5	2

62

5	3	4	1	2
4	2	3	5	1
2	5	1	3	4
1	4	5	2	3
3	1	2	4	5

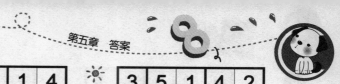

63

3	5	2	1	4
1	3	4	2	5
2	4	3	5	1
4	1	5	3	2
5	2	1	4	3

64

3	5	1	4	2
5	2	3	1	4
1	4	5	2	3
2	3	4	5	1
4	1	2	3	5

65

3	4	5	1	2
1	3	2	5	4
4	2	1	3	5
2	5	3	4	1
5	1	4	2	3

66

4	1	2	3	5
3	4	5	2	1
2	3	1	5	4
5	2	4	1	3
1	5	3	4	2

67

4	1	2	3	5
2	5	3	1	4
3	4	1	5	2
1	2	5	4	3
5	3	4	2	1

68

2	4	3	1	5
5	1	4	2	3
3	2	1	5	4
4	5	2	3	1
1	3	5	4	2

69

5	2	4	3	1
2	5	3	1	4
1	3	5	4	2
3	4	1	2	5
4	1	2	5	3

70

4	1	3	2	5
2	5	4	1	3
5	3	2	4	1
1	4	5	3	2
3	2	1	5	4

71

4	2	1	5	3
1	4	3	2	5
3	5	4	1	2
2	1	5	3	4
5	3	2	4	1

72

5	1	3	4	2
2	4	5	1	3
4	3	2	5	1
1	2	4	3	5
3	5	1	2	4

73

4	3	2	1	5
2	4	3	5	1
1	2	5	4	3
5	1	4	3	2
3	5	1	2	4

74

3	4	5	1	2
5	2	1	4	3
4	3	2	5	1
1	5	3	2	4
2	1	4	3	5

75

1	3	4	5	2
5	4	2	1	3
3	1	5	2	4
4	2	1	3	5
2	5	3	4	1

76

1	4	3	5	2
4	5	1	2	3
2	3	5	1	4
3	1	2	4	5
5	2	4	3	1

77

5	1	3	2	4
1	2	5	4	3
2	4	1	3	5
3	5	4	1	2
4	3	2	5	1

78

1	4	5	2	3
3	5	1	4	2
4	2	3	5	1
5	1	2	3	4
2	3	4	1	5

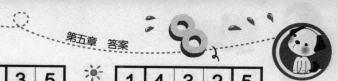

79

1	2	4	3	5
3	4	1	5	2
2	3	5	1	4
4	5	3	2	1
5	1	2	4	3

80

1	4	3	2	5
5	2	4	1	3
3	1	2	5	4
2	3	5	4	1
4	5	1	3	2

81

2	4	6	5	1	3
6	3	5	4	2	1
5	6	3	1	4	2
3	5	1	2	6	4
1	2	4	6	3	5
4	1	2	3	5	6

82

4	5	6	2	1	3
3	6	5	1	4	2
6	4	2	3	5	1
2	1	3	4	6	5
1	3	4	5	2	6
5	2	1	6	3	4

83

6	4	1	3	2	5
2	1	5	4	3	6
3	6	2	5	4	1
1	5	3	2	6	4
4	2	6	1	5	3
5	3	4	6	1	2

84

3	4	6	5	1	2
2	3	5	4	6	1
6	5	1	2	4	3
4	1	2	3	5	6
1	2	4	6	3	5
5	6	3	1	2	4

85

2	6	3	4	5	1
4	5	2	3	1	6
6	4	5	1	3	2
3	2	1	5	6	4
1	3	4	6	2	5
5	1	6	2	4	3

86

2	5	1	6	3	4
3	4	5	2	1	6
6	1	3	5	4	2
1	2	4	3	6	5
5	3	6	4	2	1
4	6	2	1	5	3

87

3	4	1	2	5	6
1	6	4	3	2	5
4	2	6	5	3	1
6	3	5	1	4	2
5	1	2	4	6	3
2	5	3	6	1	4

88

2	1	5	4	6	3
4	6	2	3	5	1
1	3	6	5	4	2
3	5	4	1	2	6
5	2	1	6	3	4
6	4	3	2	1	5

89

2	1	5	4	6	3
4	6	2	3	5	1
1	3	6	5	4	2
3	5	4	1	2	6
5	2	1	6	3	4
6	4	3	2	1	5

90

6	2	1	5	4	3
1	6	3	2	5	4
5	1	4	3	6	2
4	5	2	6	3	1
3	4	5	1	2	6
2	3	6	4	1	5

91

3	2	4	6	5	1
1	5	6	4	2	3
4	3	1	5	6	2
5	6	3	2	1	4
2	4	5	1	3	6
6	1	2	3	4	5

92

6	4	2	3	5	1
3	1	6	5	2	4
4	5	3	2	1	6
2	3	1	6	4	5
5	6	4	1	3	2
1	2	5	4	6	3

93

3	2	6	4	1	5
6	1	3	5	4	2
1	3	2	6	5	4
2	5	4	1	6	3
4	6	5	3	2	1
5	4	1	2	3	6

94

4	1	5	2	6	3
5	2	4	6	3	1
2	5	3	1	4	6
6	3	1	4	2	5
3	4	6	5	1	2
1	6	2	3	5	4

95

1	3	4	2	6	5
2	1	6	3	5	4
5	4	2	6	3	1
3	2	1	5	4	6
6	5	3	4	1	2
4	6	5	1	2	3

96

1	2	5	6	3	4
3	6	2	1	4	5
6	5	1	4	2	3
2	3	4	5	6	1
5	4	6	3	1	2
4	1	3	2	5	6

97

5	4	6	3	2	1
1	6	3	2	5	4
2	5	4	1	6	3
4	2	1	6	3	5
3	1	2	5	4	6
6	3	5	4	1	2

98

6	4	1	3	2	5
5	2	6	4	1	3
2	1	3	5	4	6
4	3	5	2	6	1
3	6	4	1	5	2
1	5	2	6	3	4

99

4	5	3	6	2	1
6	1	5	2	4	3
3	2	1	4	5	6
2	4	6	3	1	5
5	6	2	1	3	4
1	3	4	5	6	2

100

5	3	6	1	2	4
4	5	2	3	6	1
2	4	1	6	3	5
3	2	4	5	1	6
1	6	3	4	5	2
6	1	5	2	4	3

101

5	4	1	3	2
4	1	2	5	3
3	2	5	4	1
2	3	4	1	5
1	5	3	2	4

102

5	4	1	2	3
1	3	4	5	2
3	2	5	1	4
2	5	3	4	1
4	1	2	3	5

103

2	3	4	1	5
4	1	2	5	3
3	5	1	4	2
5	4	3	2	1
1	2	5	3	4

104

5	3	4	1	2
2	1	5	3	4
1	5	2	4	3
4	2	3	5	1
3	4	1	2	5

105

2	4	1	3	5
4	5	2	1	3
3	1	5	2	4
1	3	4	5	2
5	2	3	4	1

106

5	1	2	3	4
3	2	4	5	1
2	5	1	4	3
1	4	3	2	5
4	3	5	1	2

107

3	4	5	1	2
4	2	1	5	3
1	3	2	4	5
2	5	4	3	1
5	1	3	2	4

108

4	5	2	3	1
3	1	5	4	2
2	4	1	5	3
1	3	4	2	5
5	2	3	1	4

109

3	5	1	2	4
4	3	2	5	1
5	1	3	4	2
2	4	5	1	3
1	2	4	3	5

110

4	2	5	3	1
5	1	2	4	3
3	5	4	1	2
1	4	3	2	5
2	3	1	5	4

111
2	6	3	5	1	4
4	1	2	3	6	5
6	3	1	4	5	2
5	4	6	2	3	1
3	2	5	1	4	6
1	5	4	6	2	3

112
1	4	2	6	5	3
4	3	1	5	2	6
5	6	4	2	3	1
3	5	6	4	1	2
6	2	3	1	4	5
2	1	5	3	6	4

113
5	3	6	2	4	1
3	4	2	1	5	6
2	5	1	6	3	4
1	6	4	5	2	3
4	1	5	3	6	2
6	2	3	4	1	5

114
1	4	3	2	5	6
2	1	5	6	3	4
4	6	1	3	2	5
6	3	2	5	4	1
3	5	4	1	6	2
5	2	6	4	1	3

115
5	6	4	3	1	2
1	2	6	4	3	5
6	3	2	1	5	4
3	1	5	2	4	6
2	4	1	5	6	3
4	5	3	6	2	1

116
4	5	6	2	1	3
6	1	3	4	2	5
1	3	5	6	4	2
3	4	2	1	5	6
2	6	4	5	3	1
5	2	1	3	6	4

117
5	2	6	4	1	3
3	5	4	2	6	1
2	3	1	6	4	5
4	1	5	3	2	6
1	6	2	5	3	4
6	4	3	1	5	2

118
6	2	5	1	3	4
1	6	3	4	5	2
2	1	4	5	6	3
5	4	1	3	2	6
3	5	2	6	4	1
4	3	6	2	1	5

119

5	6	1	2	3	4
3	4	5	6	1	2
1	2	6	5	4	3
6	3	4	1	2	5
4	1	2	3	5	6
2	5	3	4	6	1

120

6	4	5	2	3	1
5	2	3	1	6	4
2	5	6	4	1	3
4	3	1	5	2	6
3	1	4	6	5	2
1	6	2	3	4	5

121

1	3	6	4	5	2
2	4	1	5	3	6
4	5	2	6	1	3
3	6	5	2	4	1
6	1	4	3	2	5
5	2	3	1	6	4

122

5	6	3	1	4	2
4	5	2	6	3	1
3	2	6	4	1	5
6	3	1	2	5	4
1	4	5	3	2	6
2	1	4	5	6	3

123

6	4	1	3	5	2
3	5	4	2	1	6
4	6	3	5	2	1
1	3	2	6	4	5
2	1	5	4	6	3
5	2	6	1	3	4

124

4	6	3	1	2	5
6	2	5	3	1	4
3	1	6	5	4	2
1	5	4	2	6	3
5	4	2	6	3	1
2	3	1	4	5	6

125

1	4	6	5	3	2
5	2	4	3	1	6
6	1	3	2	4	5
2	3	1	6	5	4
3	6	5	4	2	1
4	5	2	1	6	3

126

4	2	5	1	3	6
3	6	4	2	1	5
6	5	1	3	2	4
5	1	3	4	6	2
2	3	6	5	4	1
1	4	2	6	5	3

127

6	5	1	4	3	2
4	6	2	3	1	5
5	1	3	2	4	6
3	4	6	5	2	1
2	3	5	1	6	4
1	2	4	6	5	3

128

5	2	4	1	3	6
4	3	6	2	5	1
2	1	5	3	6	4
3	6	1	5	4	2
1	4	3	6	2	5
6	5	2	4	1	3

129

5	6	1	3	4	2
4	2	6	1	5	3
6	5	2	4	3	1
2	4	3	5	1	6
3	1	4	6	2	5
1	3	5	2	6	4

130

6	4	2	5	1	3
5	2	6	1	3	4
4	6	3	2	5	1
3	5	1	4	2	6
2	1	4	3	6	5
1	3	5	6	4	2

131

1	4	5	3	2	6	7
7	1	3	2	5	4	6
6	3	2	7	1	5	4
3	2	1	4	6	7	5
5	7	6	1	4	2	3
2	5	4	6	7	3	1
4	6	7	5	3	1	2

132

7	2	4	6	3	1	5
5	7	1	2	6	4	3
1	4	7	3	2	5	6
6	5	3	7	4	2	1
4	3	2	5	1	6	7
2	6	5	1	7	3	4
3	1	6	4	5	7	2

133

2	5	6	3	4	7	1
3	1	5	7	6	2	4
5	7	3	2	1	4	6
6	4	1	5	2	3	7
7	6	4	1	3	5	2
4	2	7	6	5	1	3
1	3	2	4	7	6	5

134

2	1	7	6	3	5	4
5	6	4	1	2	7	3
6	2	5	3	4	1	7
1	7	3	2	5	4	6
4	3	6	5	7	2	1
7	5	1	4	6	3	2
3	4	2	7	1	6	5

☀ 135

1	5	7	4	2	6	3
6	4	2	7	3	5	1
7	2	1	3	5	4	6
5	3	4	6	1	2	7
4	7	5	1	6	3	2
3	1	6	2	4	7	5
2	6	3	5	7	1	4

☀ 136

4	6	5	2	3	7	1
7	3	1	4	5	6	2
1	4	2	7	6	3	5
3	2	7	1	4	5	6
5	1	6	3	2	4	7
2	5	4	6	7	1	3
6	7	3	5	1	2	4

☀ 137

2	6	3	4	7	1	5
6	3	4	2	1	5	7
3	5	2	1	6	7	4
1	7	5	6	3	4	2
7	4	1	5	2	3	6
4	2	7	3	5	6	1
5	1	6	7	4	2	3

☀ 138

7	3	1	4	5	6	2
3	6	5	7	4	2	1
1	2	4	5	3	7	6
4	1	6	2	7	3	5
5	4	7	6	2	1	3
6	5	2	3	1	4	7
2	7	3	1	6	5	4

☀ 139

3	5	6	2	4	7	1
1	6	7	3	2	4	5
7	4	2	1	5	3	6
2	1	5	7	3	6	4
4	2	1	6	7	5	3
5	7	3	4	6	1	2
6	3	4	5	1	2	7

☀ 140

2	5	3	4	7	1	6
5	1	4	2	6	7	3
3	4	7	6	1	5	2
1	6	5	3	2	4	7
7	3	6	5	4	2	1
6	7	2	1	5	3	4
4	2	1	7	3	6	5

☀ 141

7	3	1	5	2	4	6
6	4	5	1	3	7	2
4	2	6	3	7	1	5
3	1	7	2	5	6	4
2	5	4	6	1	3	7
5	7	3	4	6	2	1
1	6	2	7	4	5	3

☀ 142

1	7	5	6	2	4	3
6	5	1	2	4	3	7
2	3	4	7	1	5	6
3	4	7	5	6	1	2
4	1	2	3	7	6	5
5	2	6	1	3	7	4
7	6	3	4	5	2	1

143

1	4	2	7	5	3	6
4	7	3	1	6	2	5
7	1	6	5	3	4	2
5	3	1	6	2	7	4
2	6	4	3	7	5	1
3	2	5	4	1	6	7
6	5	7	2	4	1	3

144

4	5	2	1	3	7	6
2	7	6	3	4	1	5
5	6	1	2	7	3	4
7	3	4	6	1	5	2
1	2	7	4	5	6	3
6	1	3	5	2	4	7
3	4	5	7	6	2	1

145

6	5	3	1	2	4	7
3	1	2	7	4	5	6
1	7	4	5	6	2	3
7	2	6	3	5	1	4
2	6	1	4	3	7	5
4	3	5	2	7	6	1
5	4	7	6	1	3	2

146

7	5	6	2	1	3	4
2	7	3	1	6	4	5
4	6	7	5	3	2	1
1	2	4	6	5	7	3
5	3	2	7	4	1	6
6	4	1	3	7	5	2
3	1	5	4	2	6	7

147

6	3	1	4	2	7	5
3	5	6	7	1	4	2
5	4	7	1	3	2	6
7	1	5	2	6	3	4
1	2	3	6	4	5	7
4	6	2	5	7	1	3
2	7	4	3	5	6	1

148

7	6	5	1	2	3	4
2	3	1	4	5	7	6
1	2	3	5	6	4	7
3	1	7	2	4	6	5
5	7	4	6	1	2	3
6	4	2	7	3	5	1
4	5	6	3	7	1	2

149

4	1	5	7	3	6	2
6	4	2	5	1	3	7
3	6	1	2	5	7	4
5	7	4	3	2	1	6
1	2	6	4	7	5	3
2	3	7	1	6	4	5
7	5	3	6	4	2	1

150

4	2	5	6	1	3	7
6	3	7	1	2	4	5
2	6	1	7	4	5	3
1	7	4	5	3	2	6
5	4	2	3	7	6	1
3	1	6	4	5	7	2
7	5	3	2	6	1	4